D1686956

JIJ EN IK

Niccolò Ammaniti

Jij en ik

Vertaald uit het Italiaans door Etta Maris

Lebowski Publishers, Amsterdam 2010

Oorspronkelijke titel: *Io e te*

Oorspronkelijk uitgegeven door: Einaudi, 2010

© Niccolò Ammaniti, 2010

© Vertaling uit het Italiaans: Etta Maris, 2010

© Nederlandse uitgave: Lebowski Publishers, Amsterdam 2010

Omslagontwerp: Dog and Pony, Amsterdam

Omslagfoto: Getty Images/ZenShui/Laurence Mouton

Typografie: Michiel Niesen, ZetProducties, Haarlem

Foto auteur: Grazia Neri/Hollandse Hoogte

ISBN 978 90 488 0826 7

NUR 302

www.niccoloammaniti.nl

www.lebowskipublishers.nl

Lebowski Publishers is een imprint van Dutch Media Uitgevers bv

e lebowski
Dit boek is ook leverbaar als e-book: 978 90 488 0827 4

En deze is voor mijn moeder en mijn vader.

De 'mimicry van Bates' is een vorm van mimicry waarbij een onschuldige diersoort gebruikmaakt van het uiterlijk van een giftige soort in hetzelfde territorium door er de kleuren en het gedrag van te imiteren. Op die manier wordt het imiterende dier in de geest van de roofdieren geassocieerd met het gevaarlijke dier, waardoor zijn overlevingskansen toenemen.

In de echt donkere nacht van de ziel
is het altijd drie uur 's nachts.
F. Scott Fitzgerald, *Tales of the Jazz Age*

Cividale del Friuli, 12 januari 2010

'Koffie?'

Een serveerster kijkt me over het montuur van haar bril vragend aan. Ze heeft een zilverkleurige thermoskan in haar hand.

Ik houd mijn kopje omhoog. 'Graag.'

Ze vult het tot de rand. 'Bent u hier vanwege de jaarmarkt?'

Ik schud mijn hoofd. 'Welke jaarmarkt?'

'De paardenjaarmarkt.'

Ze kijkt me aan. Ze verwacht dat ik haar vertel waarom ik in Cividale del Friuli ben.

Ik moet iets zeggen. 'Ik ben op doorreis.'

Ze haalt een opschrijfboekje tevoorschijn. 'Welke kamer hebt u?'

Ik laat haar de sleutel zien. 'Honderddrieëntwintig.'

Ze noteert het nummer. 'Als u nog meer koffie wilt, mag u het zelf pakken aan het buffet.'

'Dank u.'

'Geen dank.'

Zodra ze wegloopt pak ik mijn portefeuille uit de zak van mijn jack en haal er een in vieren gevouwen briefje uit. Ik strijk het glad op de tafel.

Het is geschreven door mijn zusje Olivia, tien jaar geleden, op 24 februari 2000.

Ik was veertien en zij drieëntwintig.

Rome

Tien jaar eerder

De avond van 18 februari 2000 ging ik vroeg naar bed en ik viel meteen in slaap, maar ik werd 's nachts wakker en kon daarna niet meer slapen.

Om tien over zes lag ik met mijn dekbed tot aan mijn kin opgetrokken met open mond te ademen.

Het was stil in huis. Het enige wat je hoorde was de regen die tegen de luiken sloeg en de lucht die mijn luchtpijp in- en uitging.

Ik wachtte tot mijn moeder me zou komen wekken om me weg te brengen naar mijn afspraak met de anderen. Even later hoorde ik haar op de verdieping boven mij heen en weer lopen tussen de slaapkamer en de badkamer.

Ik stak de krekelvormige lamp op mijn nachtkastje aan. Het groene licht bescheen een stukje kamer waar de uitpuilende rugzak, het gore-tex ski-jack, de tas met skischoenen en de ski's lagen.

Ik had dat jaar een groeispurt gehad alsof ik kunstmest te eten had gekregen, en opeens stak ik boven mijn leeftijdgenoten uit. Mijn moeder zei dat ik was opgerekt door twee trekpaarden.

Ik bracht veel tijd door voor de spiegel om mijn witte huid vol sproeten en de blonde haren op mijn benen te inspecteren. Op mijn hoofd groeide een ebbenhouten bos haar waar mijn oren uitstaken. Mijn gelaatstrekken waren veranderd door de puberteit en tussen mijn groene ogen prijkte een indrukwekkende neus.

Ik stond op en stak mijn hand in het grote voorvak van de rugzak die naast de deur lag.

'Het zakmes is er. De zaklamp ook. Alles is er,' mompelde ik.

De voetstappen van mijn moeder in de gang. Ze droeg waarschijnlijk haar donkerblauwe schoenen met hoge hakken.

Ik dook terug in bed, knipte het licht uit en deed alsof ik sliep.

'Lorenzo, wakker worden. Het is al laat.'

Ik tilde mijn hoofd op van het kussen en wreef mijn ogen uit.

Mijn moeder haalde het rolluik op. 'Wat een afschuwelijke dag. Hopelijk is het in Cortina beter.'

Het sombere licht van de dageraad tekende haar silhouet smal af. Ze had de rok en het grijze colbertje aangetrokken die ze altijd droeg wanneer ze belangrijke dingen te doen had. Het zwarte truitje. De parelketting. En de donkerblauwe schoenen met hoge hakken.

'Goedemorgen.' Ik gaapte, alsof ik net wakker werd.

Ze ging op de rand van mijn bed zitten. 'Lieverd, heb je lekker geslapen?'

'Ja.'

'Ik ga je ontbijt klaarmaken. Ga jij intussen douchen.'

'Nihal?'

Ik kamde mijn haar met haar vingers.

'Die slaapt nog op dit tijdstip. Heeft hij je de gestreken shirts gegeven?'

Ik knikte.

'Toe, sta op.'

Ik wilde wel, maar ik werd tegengehouden door een gewicht dat me op de borst drukte.

'Wat is er?'

Ik pakte haar hand vast. 'Hou je van me?'

Ze glimlachte naar me. 'Natuurlijk hou ik van je.' Ze stond op, keek in de spiegel naast de deur en trok haar rok glad.

'Toe, sta op. Moet ik je zelfs vandaag nog smeken om uit bed te komen?'

'Een kus.'

Ze boog zich over me heen. 'Gekkerd, je hoeft niet in militaire dienst, je gaat fijn een weekje skiën.'

Ik omhelsde haar en stak mijn gezicht tussen haar blonde haren die over haar gezicht vielen en legde mijn neus in haar hals.

Ze rook lekker. De geur deed me denken aan Marokko. Aan smalle steegjes vol stalletjes met kleurige kruiden. Alleen was ik nog nooit in Marokko geweest.

'Wat is dit voor een parfum?'

'Sandelzeep. Net als altijd.'

'Mag ik die lenen?'

Ze trok een wenkbrauw op. 'Hoezo?'

'Dan was ik me ermee en draag ik jou bij me.'

Ze trok mijn dekbed weg. 'Hoezo was jij je? Dat is zeker iets nieuws. Toe, doe niet zo raar, je zal niet eens tijd hebben om aan me te denken.'

Ik keek uit het raampje van de BMW naar de muur van de dierentuin, die bedekt was met doorweekte verkiezingsposters. Iets hoger, in de volière van de roofvogels, zat een gier ineengedoken op een dorre tak. Hij leek net een oud vrouwtje in rouwkleding dat zat te slapen in de regen.

Ik had het benauwd door de verwarming in de auto en door de biscuitjes die in mijn keel waren blijven steken.

Gelukkig hield het op met regenen. Een man en een vrouw, hij dik en zij mager, deden gymnastiekoefeningen op de met bladeren bedekte trap voor het museum voor moderne kunst.

Ik keek naar mijn moeder.

'Wat is er?' vroeg ze, terwijl haar ogen op de weg gericht bleven.

Ik bolde mijn borstkas op in een poging de lage stem van mijn vader te imiteren: 'Arianna, je moet nodig de auto eens wassen. Het is een zwijnenstal op vier wielen.'

Ze lachte niet. 'Heb je je vader gegroet?'

'Ja.'

'Wat zei hij tegen je?'

'Dat ik niet moet skiën als een gek.' Ik pauzeerde even. 'En dat ik je niet om de vijf minuten moet opbellen.'

'Heeft hij dat gezegd?'

'Ja.'

Ze schakelde terug en sloeg de Via Flaminia in. De stad begon zich te vullen met auto's. 'Bel me maar wanneer je wilt. Heb je alles bij je? Je walkman? Je mobieltje?'

'Ja.'

De grijze hemel drukte op de daken.

'De toilettas met medicijnen, heb je die ook ingepakt? En heb je de thermometer erin gestopt?'

'Ja.'

Een jongen op een grote Vespa lachte, zijn gsm zat onder zijn helm geklemd.

'Geld?'

'Ja.'

We reden over de brug over de Tiber.

'Volgens mij hebben we de rest gisteravond samen gecontroleerd. Je hebt alles.'

'Ja, ik heb alles.'

We stonden stil voor het rode licht. Een vrouw in een Fiat 500 keek recht voor zich uit. Op de stoep liet een oude man zich voortslepen door twee labradors. Een aalscholver zat op het kale geraamte van een boom die bedekt was met plastic zakken en uit het grijze water stak.

Als God was gekomen en me had gevraagd of ik die aalscholver wilde zijn, had ik ja geantwoord.

Ik maakte mijn veiligheidsgordel los. 'Zet me hier maar af.'

Ze keek me aan alsof ze het niet goed verstaan had. 'Hoezo hier?'

'Gewoon. Hier.'

Het verkeerslicht sprong op groen.

'Wil je hier alsjeblieft stoppen?'

Ze reed door. Gelukkig werd ze afgeremd door een vuilniswagen voor haar.

'Mama! Stop!'

'Doe je gordel weer om.'

'Wil je alsjeblieft nu stoppen?'

'Maar waarom?'

'Omdat ik alleen op die afspraak wil komen.'

'Ik begrijp het niet.'

Ik ging harder praten. 'Stop de auto, alsjeblieft.'

Mijn moeder reed naar de kant van de weg, zette de motor af en trok met een hand haar haar naar achteren. 'Wat is er aan de hand? Lorenzo, alsjeblieft, we gaan toch niet... Je weet dat ik op dit tijdstip nog niet helder kan denken.'

'Nou, het zit zo...' Ik balde mijn vuisten. 'De anderen komen ook allemaal alleen. Ik kan daar niet samen met jou komen. Dan sta ik voor gek.'

'Dus als ik het goed begrijp...' Ze wreef in haar ogen. 'Dus als ik het goed begrijp moet ik je hier afzetten en achterlaten?'

'Ja.'

'En dan kan ik niet eens de ouders van Alessia bedanken?'

Ik haalde mijn schouders op. 'Dat hoeft helemaal niet. Dat zal ik wel doen.'

'Geen sprake van.' En ze draaide de sleutel om in het contact.

Ik wierp me op haar. 'Nee... Nee... Alsjeblieft.'

Ze duwde me weg. 'Alsjeblieft wat?'

'Laat me alleen gaan. Ik kan daar niet samen met mijn moeder aankomen. Ze zullen me uitlachen.'

'Wat een flauwekul. Ik wil weten of alles goed gaat, of ik nog iets moet doen. Dat lijkt me het minste. Ik ben geen pummel zoals jij.'

'Ik ben geen pummel. Ik ben net als alle anderen.'

Ze zette het knipperlicht uit. 'Nee. Geen sprake van.'

Ik had er niet op gerekend dat mijn moeder het zo belangrijk vond om mij te brengen. Mijn woede begon op te borrelen. Ik begon met mijn vuisten op mijn benen te slaan.

'Wat doe je nu?'

'Niets.' Ik kneep in het handvat van het portier tot mijn knokkels wit waren. Ik zou het achteruitkijkspiegeltje kunnen losrukken en het glas van het raampje kapotslaan.

'Waarom gedraag je je als een kleuter?'

'Omdat jij mij behandelt als een... lul.'

Ze keek me woedend aan. 'Geen vieze woorden gebruiken. Je weet dat ik daar niet tegen kan. En het is nergens voor nodig om zo'n scène te maken.'

Ik sloeg met mijn vuist op het dashboard. 'Mama, ik wil er alleen heen gaan, verdomme.' De woede drukte mijn keel dicht. 'Goed. Dan ga ik helemaal niet. Ben je nou tevreden?'

'Luister eens, Lorenzo, nu word ik echt heel erg kwaad.'

Ik had nog een laatste troef. 'Ze zeiden allemaal dat ze alleen zouden komen. Maar ik ben altijd degene die met zijn mama komt. Daardoor heb ik altijd problemen...'

'Nou moet je niet net doen alsof ík degene ben die jou altijd problemen bezorgt.'

'Papa zei dat ik onafhankelijk moet zijn. Dat ik mijn eigen leven moet leiden.' Pauze. 'Dat ik me van jou moet losmaken.'

Ze keek me aan en kneep haar ogen half dicht tot spleetjes. Toen perste ze haar lippen op elkaar alsof ze zichzelf wilde beletten te praten. Ze draaide zich om en keek naar de auto's die voorbijkwamen.

'Dit is de eerste keer dat ze me uitnodigen... Wat zullen ze wel niet van me denken?'

Ze keek om zich heen alsof ze hoopte dat iemand iets deed.

Ik pakte haar hand vast. 'Mama, rustig nou maar...'

Ze schudde haar hoofd en pufte: 'Nee. Nee, ik ben helemaal niet rustig.'

Met een arm stevig om de ski's geslagen, de skischoenentas in mijn hand en de rugzak op mijn rug, zag ik hoe mijn moeder de auto keerde. Met mijn andere hand zwaaide ik naar haar en wachtte tot de BMW was verdwenen over de brug.

Ik liep door de Viale Mazzini. Ik passeerde het gebouw van de RAI. Op ongeveer honderd meter van het kruispunt met de Via Col di Lana ging ik langzamer lopen, terwijl mijn hart sneller ging bonken. Ik had een vieze smaak in mijn mond, alsof ik aan een stuk koperdraad had gelikt. Al die spullen die ik moest dragen hinderden me. Het leek wel een sauna in dat ski-jack.

Bij het kruispunt aangekomen, leunde ik tegen een muur en keek om de hoek.

Verderop, voor een moderne kerk, stond een grote Mercedes SUV. Ik zag Alessia Roncato en haar moeder, de Soemeriër en Oscar Tommasi, die de koffers in de kofferbak zette. Een Volvo met een paar ski's boven op het dak parkeerde naast de Mercedes en Riccardo Dobosz stapte uit en rende naar de anderen toe. Even later stapte de vader van Dobosz uit.

Ik trok me terug tegen de muur. Ik legde de ski's neer, ritste mijn jack open en gluurde opnieuw om de hoek.

Nu waren de moeder van Alessia en de vader van Dobosz bezig de ski's boven op de Mercedes te bevestigen. De Soemeriër sprong in het rond en deed alsof hij bokste tegen Dobosz. Alessia en Oscar Tommasi praatten tegen hun mobieltjes.

Het duurde behoorlijk lang voordat ze eindelijk klaar waren, Alessia's moeder werd boos op haar dochter omdat die niet meehielp, de Soemeriër sprong op het dak van de auto om de ski's te controleren. Maar uiteindelijk vertrokken ze.

Tijdens de tramrit voelde ik me een idioot. Met die ski's en skischoenen, geplet tussen ambtenaren in jasje-dasje en moeders die hun kinderen naar school brachten.

Als ik mijn ogen dichtdeed leek het of ik in een kabelbaantje zat, tussen Alessia, Oscar Tommasi, Dobosz en de Soemeriër in. Ik kon de geur van cacaoboter en zonnebrandcrème ruiken. En terwijl we uit de cabine stapten zouden we elkaar duwen en lachen en hard praten en lak hebben aan alle andere mensen. Net als die lui die door mijn moeder en vader pummels genoemd werden. Ik zou grappige dingen zeggen en ze aan het lachen maken terwijl ze hun ski's vastklikten. Typetjes doen, moppen vertellen. Ik wist nooit grappige moppen. Je moet heel erg zeker van jezelf zijn om moppen te kunnen vertellen.

'Zonder humor is het leven triest,' zei ik.

'Ware woorden,' antwoordde een mevrouw naast me.

Dat van die humor had mijn vader ooit gezegd toen mijn neef Vittorio een koeienvla naar me had gegooid toen we een keer een wandeling maakten door de weilanden. Uit woede had ik een grote steen opgepakt en die naar een boom gegooid, terwijl die debiel over de grond rolde van het lachen. Zelfs mijn vader en moeder hadden gelachen.

Ik hees de ski's op mijn schouders en stapte uit de tram.

Ik keek op mijn horloge. Tien voor acht.

Te vroeg om terug te gaan naar huis. Dan zou ik zeker papa tegenkomen die naar kantoor ging.

Ik liep naar Villa Borghese, naar het stukje naast de dierentuin waar de honden los mogen lopen. Ik ging op een bankje zitten, pakte een flesje Coca-Cola uit mijn rugzak en nam een slok.

Mijn mobiel in mijn zak begon te rinkelen.

Ik wachtte even voordat ik antwoordde. 'Mama...'
'Alles in orde?'
'Ja.'
'Zijn jullie al vertrokken?'
'Ja.'
'Is er veel verkeer?'
Er rende een dalmatiër voor me langs. 'Gaat wel...'
'Mag ik Alessia's moeder even spreken?'
Ik ging zachter praten. 'Dat kan niet. Die rijdt.'
'Goed, we bellen vanavond nog, dan zal ik haar bedanken.'
De dalmatiër begon te blaffen tegen het vrouwtje omdat hij wilde dat ze een stok gooide.
Ik legde mijn hand voor het spreekgedeelte en rende naar de straat.
'Goed.'
'Tot later.'
'Goed, mama, tot later. Waar ben je eigenlijk? Wat doe je?'
'Niets. Ik lig in bed. Ik wilde nog wat uitslapen.'
'En wanneer ga je de deur uit?'
'Ik ga straks naar oma.'
'En papa?'
'Die is net weg.'
'O. Ik snap het. Nou, dag dan.'
'Dag.'
Perfect.

Daar was de Meerkat die de bladeren op de binnenplaats veegde.

Zo noemde ik Franchino, de conciërge van het appartementengebouw waar ik woonde. Hij leek precies op zo'n klein Afrikaans aapje. Hij had een rond hoofd, bedekt met een streep zilverkleurig haar die zijn nek omlijstte, langs zijn oren liep en omlaagging langs zijn onderkaak om zich te sluiten op zijn kin. En één enkele doorlopende wenkbrauw over zijn voorhoofd. Ook de manier waarop hij liep was bijzonder. Hij liep een beetje als een gebochelde, met die lange armen die langs zijn lijf bungelden, zijn handpalmen naar voren gedraaid en dat deinende hoofd.

Hij kwam uit Soverato in Calabrië, waar zijn familie woonde, maar hij werkte al sinds mensenheugenis in ons appartementengebouw. Ik vond hem aardig. Mijn moeder en vader konden hem niet verdragen, ze vonden dat hij te familiair deed.

Het probleem was nu om het gebouw binnen te gaan zonder dat hij mij zou zien.

Franchino was heel traag en als hij de binnenplaats begon te vegen duurde dat eindeloos.

Ik verstopte me achter een vrachtwagen die verderop in de straat geparkeerd stond en hield Franchino in het oog. Ik haalde mijn mobiel uit mijn zak en toetste zijn huisnummer in.

De telefoon in het souterrain begon te rinkelen. Het duurde een tijdje voordat de Meerkat het hoorde. Uiteindelijk gooide hij de bezem neer en liep met zijn waggelende loopje naar de portiersloge en ik zag hem de trap af gaan die naar zijn appartement leidde.

Ik hing op, pakte mijn ski's en skischoenentas op en stak de straat over. Ik kwam bijna onder een Ford Ka, die begon te toeteren. De auto's daarachter moesten abrupt remmen en de chauffeurs scholden me uit.

Met opeengeklemde kaken, met mijn ski's die op de grond gleden en de rugzak die in mijn schouders sneed, liep ik door het hek en over de binnenplaats. Ik passeerde de met mos bedekte fontein waarin de goudvissen zwommen en het grasveld met de marmeren bankjes waar je niet op mocht zitten. De auto van mijn moeder stond geparkeerd naast de luifel van de hoofdingang, onder de palmen die zij had laten behandelen tegen parasieten.

Biddend dat ik niemand zou tegenkomen die het gebouw verliet, glipte ik de hal in en rende over de rode loper, liep langs de lift en holde de trap af naar de kelder.

Buiten adem kwam ik beneden. Ik tastte de muur af en vond het lichtknopje. Twee lange neonlampen gingen aan en verlichtten een smalle gang zonder ramen. Aan de ene kant liepen de waterleidingbuizen, aan de andere kant waren dichte deuren. Bij de derde deur stak ik mijn hand in mijn zak en haalde een lange sleutel tevoorschijn, die ik omdraaide in het slot.

De deur ging open en gaf toegang tot een grote, rechthoekige kamer. Door twee stoffige raampjes bovenin scheen een gefilterde lichtstraal op twee met lakens bedekte meubelstukken, grote dozen vol boeken, pannen en kleren, op oude verrotte kozijnen, op tafels en houten deuren, op wastafels vol kalkaanslag en opgestapelde stoelen met matten zitting. Waar ik ook keek stond rommel opgestapeld. Een grote bank met donkerblauwe bloemen. Een stapel wollen matrassen, bedekt met schimmel. Een verzameling *Reader's Digest*, aangevreten door de motten. Lp's. Lampen met kapotte kappen. Het hoofdeinde van een bed, omwikkeld door gietijzeren bloemen. In kranten opgerolde tapijten. Een grote keramieken buldog met een afgebroken poot.

Een interieur uit de jaren vijftig, opgestapeld in een kelder. Maar aan één kant lag een matras met dekens en een kussen. Op een laag tafeltje stonden in keurige rijtjes tien blikjes Simmenthal-rundvlees, twintig blikjes tonijn, drie doosjes voorverpakt brood, zes blikjes groenten in olie, twaalf flessen Ferrarelle, vruchtensap, een pot Nutella, koekjes, cakejes en twee repen melkchocola. Op een krat stond een kleine televisie, een Playstation, drie boeken van Stephen King en wat Marvel-strips.

Ik deed de deur dicht.

Dit was mijn skivakantie.

Ik begon te praten toen ik drie was en babbelen is nooit mijn sterkste kant geweest. Als een onbekende het woord tot mij richtte, antwoordde ik met 'ja', 'nee' of 'ik weet niet'.

En als hij aandrong, antwoordde ik wat hij graag wilde horen.

Waarom is het nodig om de dingen te zeggen als je ze gedacht hebt?

'Lorenzo, jij bent net een vetplant, jij groeit zonder dat iemand last van je heeft; een drupje water en wat licht is genoeg,' zei een oude kindermeid uit Caserta vroeger tegen me.

Mijn ouders lieten keurige meisjes komen om met mij te spelen, maar ik was liever alleen. Ik deed de deur dicht en stelde me voor dat mijn kamer een kubus was die doolde door de desolate ruimte.

De problemen kwamen op de basisschool.

Ik kan me weinig herinneren van die tijd. Ik weet de namen van mijn juffen nog, de oleanders op de speelplaats, aluminium bakken vol dampende macaroni in de eetzaal. En de anderen.

De anderen, dat was iedereen die niet mijn moeder, mijn vader en oma Laura was.

Als de anderen mij niet met rust lieten, als ze me te dicht op de huid zaten, steeg er door mijn benen een rode vloeistof op die mijn buik overspoelde en zich uitspreidde tot in het puntje van mijn vingers, en dan balde ik mijn vuisten en sloeg toe.

Toen ik Giampaolo Ginari van een muurtje had geduwd en hij met zijn hoofd op het beton was gevallen en zijn voorhoofd gehecht moest worden, belden ze naar huis.

In de lerarenkamer zei de juf tegen mijn moeder: 'Hij lijkt wel iemand die op het station zit te wachten op de trein die hem terugbrengt naar huis. Hij is niet lastig, maar als een ander kind hem hindert begint hij te schreeuwen en wordt hij rood van woede en smijt hij met alles wat in zijn buurt is.'

De juf had beschaamd naar de grond gekeken. 'Soms maakt hij ons bang. Ik weet niet... Ik zou u willen aanraden om...'

Mijn moeder bracht me naar professor Masburger. 'Wacht maar af. Hij helpt heel veel kindjes.'

'Maar hoelang moet ik daar blijven?'

'Drie kwartier. Twee keer per week. Wil je dat wel?'

'Ja. Dat is niet zoveel,' antwoordde ik.

Als mijn moeder dacht dat ik op die manier net als de anderen zou worden, dan wilde ik dat wel. Iedereen, inclusief mijn moeder, moest denken dat ik normaal was.

Nihal bracht me. Een dikke secretaresse die rook naar karamel liet me binnengaan in een kamer met een laag plafond waar het stonk naar vochtigheid. Het raam keek uit op een grijze muur. Aan de hazelnootkleurige muren hingen oude zwart-witfoto's van Rome.

'Gaat iedereen die problemen heeft daarop liggen?' vroeg ik aan professor Masburger, die mij een met een vale, versleten geborduurde stof beklede divan wees waar ik op moest gaan liggen.

'Jazeker. Allemaal. Dat praat makkelijker.'

Perfect. Ik zou doen alsof ik een normaal kind met problemen was. Er was niet veel voor nodig om hem te bedonderen. Ik wist precies hoe de anderen dachten, wat ze fijn vonden en wat ze wilden. En als wat ik wist niet genoeg was, dan zou die divan waarop ik lag als een warm lichaam dat warmte overbrengt op een koud lichaam, de gedachten overbrengen van de kinderen die er vóór mij op hadden gelegen.

En zo vertelde ik hem over een andere Lorenzo. Een Lorenzo die zich schaamde om te praten met de anderen, maar die wel wilde zijn als de anderen. Ik vond het leuk om te doen alsof ik van de anderen hield.

Een paar dagen voordat mijn therapie zou beginnen, hoorde ik mijn ouders zachtjes praten in de woonkamer. Ik ging naar de studeerkamer. Ik pakte een paar boeken uit de kast en legde mijn oor tegen de muur.

'En? Wat heeft hij?' vroeg papa.

'Hij zei dat hij een narcistische persoonlijkheidsstoornis heeft.'

'Wat betekent dat?'

'De professor zegt dat hij niet in staat is empathie voor anderen te voelen. Alles wat buiten Lorenzo's eigen gevoelscirkel ligt, bestaat niet voor hem, raakt hem op geen enkele manier. Hij denkt dat hij speciaal is en dat alleen mensen die net zo speciaal zijn als hij hem kunnen begrijpen.'

'Zal ik eens zeggen wat ik denk? Die Masburger is een idioot. Ik heb nog nooit een gevoeliger en attenter jongetje gezien dan onze zoon.'

'Dat is waar, maar alleen bij ons, Francesco. Lorenzo denkt dat wij speciaal zijn en beschouwt alle anderen als onder zijn niveau.'

'Is hij soms een snob? Is dat wat de professor eigenlijk zegt?'

'Hij zei dat hij een *Grandioos Zelf* heeft.'

Mijn vader barstte in lachen uit. 'Gelukkig maar. Stel je voor dat hij een waardeloos Zelf had. Klaar. We halen hem weg bij die stuntel voordat hij zijn brein echt overhoopgooit. Lorenzo is een normaal kind.'

'Lorenzo is een normaal kind,' herhaalde ik.

Langzaam leerde ik hoe ik me op school moest gedragen. Ik moest op de achtergrond blijven maar niet te veel, anders viel ik op.

Ik voegde me als een sardientje in een blikje sardientjes. Ik camoufleerde me als een wandelende tak tussen dorre twijgen. En ik leerde mijn woede te beheersen. Ik ontdekte dat ik een tank in mijn buik had en als die volliep, leegde ik hem via mijn voeten en dan loste mijn woede op in de grond en drong door tot het binnenste van de aarde in het eeuwige vuur.

Nu had ik van niemand meer last.

De onderbouw van de middelbare school volgde ik op het St. Joseph-instituut, een Engelse school die bezocht werd door kinderen van diplomaten, buitenlandse kunstenaars die verliefd waren op Italië, Amerikaanse managers en bemiddelde Italianen die zich het schoolgeld konden veroorloven. Ik vond het daar fijn. Daar was iedereen een beetje vreemd. Ze spraken verschillende talen en leken allemaal op doorreis. De meisjes gingen hun eigen gang en de jongens voetbalden op een groot grasveld voor de school.

Maar mijn ouders waren niet tevreden. Ik moest vrienden hebben. Voetballen was een stomme sport, met z'n allen achter een bal aan rennen, maar het was wat de anderen leuk vonden. Als ik leerde voetballen, was ik klaar. Dan zou ik vrienden hebben.

Ik verzamelde moed en ging in het doel staan waar nooit iemand wilde staan, en ik merkte dat het helemaal niet zo verschrikkelijk was om dat te verdedigen tegen de aanvallen van de tegenstanders. Er was een zekere Angelo Stangoni en als die eenmaal aan de bal was, kon niemand die van hem afpakken. Hij rende als een bliksemschicht naar het doel en kon heel hard schieten.

Op een dag halen ze hem onderuit. Strafschop. Ik ga in het midden van het doel staan. Hij neemt een aanloop. Ik ben geen mens, zeg ik in mezelf, maar een Chnuzzer, een afzichtelijk maar heel lenig beest, product van een of ander duister laboratorium, dat slechts één taak in het leven heeft en daarna rustig kan sterven: de aarde verdedigen tegen een dodelijke meteoriet.

En dus toen Stangoni een keiharde bal rechts van mij schoot, vloog ik zoals alleen een Chnuzzer kan vliegen en strekte mijn handen uit en daar was de bal, tussen mijn handen, en ik hield het schot tegen.

Ik herinner me dat mijn teamgenoten mij omhelsden en dat was fijn want zij vonden dat ik een van hen was.

Ze stelden me op in het team. Nu had ik vrienden die mij ben hen thuis uitnodigden. Als mijn moeder nu de telefoon opnam was ze heel blij dat ze kon zeggen: 'Lorenzo, voor jou!'

Ik zei dat ik naar vrienden ging, maar in werkelijkheid verstopte ik me bij oma Laura. Die woonde in een penthouse vlak bij ons huis, samen met Perikles, een oude basset, en Olga, de Russische huishoudster. Vaak speelden we 's middags canasta. Zij dronk bloody mary en ik tomatensap met peper en zout. We hadden een overeenkomst: zij gaf mij dekking voor dat verhaal over die vrienden en ik zei niets over haar bloody mary's.

Maar de onderbouw ging snel voorbij en mijn vader riep me in zijn studeerkamer, liet me plaatsnemen in een fauteuil en zei: 'Lorenzo, ik vind het tijd dat jij naar een openbare middelbare school gaat. Het is welletjes geweest met die privéscholen voor rijkeluiskinderen. Zeg eens, houd jij meer van wiskunde of van geschiedenis?'

Ik wierp een blik op al die dikke boeken over de oude Egyptenaren en over de Babyloniërs, die keurig in de boekenkast stonden opgesteld. 'Geschiedenis.'

Hij gaf me een tevreden schouderklap. 'Geweldig, ouwe gabber, dan hebben we dezelfde smaak. Je zult zien dat het gymnasium je zal bevallen.'

Toen ik de eerste schooldag bij de school aankwam, viel ik bijna flauw.

Dat daar was de hel op aarde. Er waren honderden kinderen. Het leek wel of ze voor de ingang van een concert stonden te wachten. Sommigen waren veel langer dan ik. Met baardgroei zelfs. De meisjes met borsten. Allemaal op scooters of skates. Sommigen renden rond. Anderen lachten. Of schreeuwden. Of liepen de bar in en uit. Eentje klom hoog in een boom en hing de rugzak van een meisje aan een tak terwijl dat meisje stenen naar hem gooide.

Een verschrikkelijke angst sneed mijn adem af. Ik leunde tegen een muur die bedekt was met opschriften en tekeningen.

Waarom moest ik naar school? Waarom functioneerde de wereld zo? Je wordt geboren, je gaat naar school, je werkt en je gaat dood. Wie had eigenlijk besloten dat dat de juiste manier was? Kon je niet heel anders leven? Net als de primitieve mens? Net als oma Laura, die toen ze klein was thuis les had gekregen, en de leraressen kwamen naar haar toe. Waarom kon ik dat ook niet krijgen? Waarom lieten ze me niet met rust? Waarom moest ik precies hetzelfde zijn als de anderen? Waarom kon ik niet op mezelf leven in een bos in Canada?

'Ik ben niet net als zij. Ik heb een *Grandioos Zelf*,' mompelde ik, terwijl drie beesten van kerels die gearmd liepen mij wegduwden alsof ik een kegel was. 'Opzouten, zeikerd.'

In een soort trance zag ik dat mijn benen zo stijf waren als boomstammen en hoe die mij de klas in droegen. Ik ging zitten aan het een-na-achterste tafeltje aan het raam en probeerde mezelf onzichtbaar te maken. Maar ik ontdekte dat de camouflagetechniek op deze vijandige planeet niet werkte.

De roofdieren op deze school waren veel meer geëvolueerd en veel agressiever en opereerden in kuddes. Elke aarzeling, elke vorm van abnormaal gedrag werd onmiddellijk opgemerkt en afgestraft.

Ze kwamen naar me toe. Ze maakten grappen over me, over mijn kleren en waarom ik niets zei. En toen stenigden ze me met de bordenwisser.

Ik begon mijn ouders te smeken om me naar een andere school te sturen, een school voor onaangepaste kinderen of voor doofstommen zou perfect zijn. Ik verzon van alles om maar thuis te kunnen blijven. Ik deed mijn huiswerk niet meer. Ik de klas doodde ik de tijd met het tellen van de minuten die me nog restten voordat ik die gevangenis kon verlaten.

Op een ochtend was ik thuis vanwege een vreemde hoofdpijn en zag ik op de televisie een documentaire over imiterende insecten en toen begreep ik dat ik het helemaal verkeerd had aangepakt.

Ergens in de tropen leeft een vlieg die wespen imiteert. Hij heeft vier vleugels, net als alle andere vliegen, maar hij houdt ze op elkaar, zodat het er maar twee lijken. Op zijn buik heeft hij gele en zwarte strepen, hij heeft voelsprieten en bolle ogen en hij heeft zelfs een nepangel. Hij doet niemand en niets kwaad. Maar verkleed als wesp wordt hij gevreesd door vogels, hagedissen en zelfs door mensen. Hij kan rustig een wespennest binnengaan, een van de gevaarlijkste en best beveiligde plaatsen ter wereld, en niemand die hem herkent.

Dát moest ik ook doen.

De gevaarlijksten imiteren.

Ik ging dezelfde kleren dragen als de anderen. Adidassneakers, spijkerbroek met gaten, zwarte sweater met capuchon. Ik kamde geen scheiding meer en liet mijn haar groeien. Ik wilde zelfs een oorringetje, maar dat heeft mijn moeder me verboden. In ruil daarvoor gaven ze me een brommer. De allergewoonste.

Ik liep net als zij. Wijdbeens. Ik smeet mijn rugzak op de grond en schopte ertegen.

Ik imiteerde ze behoedzaam. Het is een dunne lijn tussen imitatie en karikatuur.

Tijdens de lessen zat ik op mijn stoel en deed alsof ik luisterde, maar in werkelijkheid dacht ik aan mijn eigen dingen, verzon ik sciencefictionverhalen. Ik deed mee met gymnastiek, wat ik haatte, ik lachte om de opmerkingen van de anderen, ik haalde idiote, stompzinnige grappen uit met de meisjes. Een paar keer was ik brutaal tegen de leraren. En ik heb zelfs bij een toets een blanco vel papier ingeleverd.

De vlieg was erin geslaagd iedereen voor de gek te houden en was volmaakt geïntegreerd in de wespenmaatschappij. Ze dachten dat ik een van hen was. Dat ik oké was.

Wanneer ik thuiskwam vertelde ik aan mijn ouders dat iedereen op school zei dat ik aardig was en verzon ik verhalen over grappige dingen die mij waren overkomen.

Maar hoe meer ik opging in deze farce, hoe meer ik mezelf anders voelde. De kloof tussen mij en de anderen werd steeds groter. In mijn eentje was ik gelukkig, met de anderen moest ik doen alsof.

Soms beangstigde dit me. Zou ik ze de rest van mijn leven moeten imiteren?

Het was alsof er binnen in mij een vlieg zat die mij de waarheid vertelde over de dingen. Die mij uitlegde dat vrienden je zo zijn vergeten, dat meisjes gemeen zijn en je voor de gek houden, dat de wereld buiten je eigen huis alleen maar competitie, onderdrukking en geweld was. Een keer had ik een nachtmerrie waaruit ik schreeuwend wakker werd. Ik ontdekte dat mijn T-shirt en spijkerbroek mijn huid waren en de Adidassneakers mijn voeten. En onder mijn jack, hard als een uitwendig skelet, wiebelden duizend insectenpootjes.

Alles verliep min of meer soepeltjes, totdat ik op een ochtend heel even wenste dat ik niet meer een als wesp verklede vlieg was, maar een echte wesp.

In de pauze dwaalde ik meestal door de gangen vol leerlingen alsof ik iets te doen had, dan kreeg niemand argwaan. En dan ging ik kort voor de bel terug naar mijn stoel en at mijn pizza met ham en kaas, dezelfde die iedereen kocht bij de conciërge. In de klas vond het gebruikelijke bordenwissergevecht plaats. Twee partijen tegen elkaar die de bordenwisser naar elkaar gooiden. Als ze mij zouden raken, zou ik zo mogelijk proberen niemand te stangen, om geen tegenmaatregelen uit te lokken.

Slechts één tafeltje achter mij zat Alessia Roncato. Ze zat te fluisteren met Oscar Tommasi en ze maakten een lijst met namen.

Wat was dat voor een lijst?

Het zou mij niet moeten interesseren, helemaal niets, maar toch werd ik door die vervloekte nieuwsgierigheid, die zo nu en dan zonder enige reden de kop opstak, gedwongen om met mijn stoel naar achteren te leunen in een poging iets van hun gefluister op te vangen.

'Maar denk jij dat ze hem toestemming geven?' vroeg Oscar Tommasi.

'Zeker weten. Als mijn moeder ze ompraat,' had Alessia Roncato geantwoord.

'Maar kunnen we daar allemaal terecht?'

'Met z'n vieren, zei mijn moe...' Iemand begon te gillen en de rest kon ik niet horen.

Waarschijnlijk waren ze aan het besluiten wie er op een feestje zouden worden uitgenodigd.

Bij de uitgang deed ik mijn oortjes in, maar de walkman zette ik niet aan. Alessia Roncato en Oscar Tommasi hadden bij de muur van de school een groepje gevormd met de Soemeriër en Riccardo Dobosz. Ze waren allemaal druk en opgewonden. De Soemeriër deed alsof hij skiede. Hij boog voorover door zijn knieën alsof hij slalomde. Dobosz was op zijn rug gesprongen en deed alsof hij hem wurgde. Ik kon niet weten wat Alessia tegen Oscar zei. Maar haar ogen glommen, terwijl ze naar de Soemeriër en Dobosz keek.

Ik ging op een paar meter van het hek staan en eindelijk kon ik duidelijk horen wat ze zeiden.

Alessia had ze uitgenodigd om te komen skiën in Cortina, waar haar ouders een huis hadden. Een hele week.

Dat viertal was anders dan de anderen. Ze gingen hun eigen gang en je voelde dat ze vrienden door dik en dun waren. Het leek of ze een onzichtbare bol om zich heen hadden waarin niemand kon binnendringen, tenzij zij dat wilden. Alessia Roncato was de leidster en het mooiste meisje van de school, maar ze probeerde helemaal niet populair te zijn, ze probeerde niet op iemand te lijken, ze was zichzelf en verder niets. Oscar was broodmager en bewoog als een vrouw. Zodra hij iets zei begon iedereen te lachen. Maar degene die ik het aardigst vond, was de Soemeriër. Ik wist niet waarom hij zo genoemd werd. Hij had een crossmotor en was goed in alle sporten, ook al werd er gezegd dat hij in rugby een kampioen zou worden. Breed en groot als een koelkast, met handen als van een mensaap, borstelig haar en een platte neus.

Volgens mij kon de Soemeriër met één schop een Duitse

dog makkelijk op slag doden. Maar hij deed nooit vervelend tegen de kleinere kinderen. Voor hem waren de kinderen uit lagere klassen een beetje als bedwantsen. Ze bestaan wel, maar je ziet ze niet. Dobosz was stil en had altijd gefronste wenkbrauwen, als een samoerai.

Zij waren de Fantastic Four en ik de Silver Surfer.

De Soemeriër pakte zijn motor, liet Alessia achterop zitten, die haar armen om hem heen sloeg alsof ze bang was hem te verliezen, en met piepende banden reden ze weg. Ook de andere leerlingen gingen langzamerhand naar huis en de straat raakte leeg. De cd-winkel en de huishoudwinkel tegenover de school lieten de rolluiken neer voor de lunch.

Ik was alleen achtergebleven.

Ik moest naar huis, over een minuut of tien zou mijn moeder me bellen als ik niet thuiskwam. Ik zette mijn mobiel uit. Ik staarde naar de opschriften die met verfspray op de muur waren gespoten, totdat ze wazig werden. Vlekken van kleur op de muur van het gebouw.

Als Alessia mij ook had uitgenodigd, had ze kunnen zien hoe goed ik kon skiën. Dan had ik hun geheime routes buiten de pistes laten zien.

Ik kwam al sinds mijn geboorte in Cortina. Ik kende alle pistes en een heleboel routes buiten de pistes. Mijn lievelingsroute begon op de Monte Cristallo en eindigde in het midden van het dorp, je skiede door het bos en er zaten ongelooflijke sprongen tussen. Een keer heb ik twee gemzen gezien pal achter een huis. En verder zouden we naar de film kunnen gaan en warme chocolademelk drinken bij Lovat.

Op de terugweg naar huis werd ik gepijnigd door de gedachte dat ik te veel dingen gemeen met hen had. Dat Alessia een huis in Cortina had kon geen toeval zijn. En toen wist ik het opeens. Zij waren ook vliegen die deden alsof ze wespen waren. Alleen waren zij beter dan ik in het imiteren van de anderen. Als ik zou meegaan naar Cortina, zouden zij zien dat ik net zo was als zij.

Toen ik thuiskwam, was mijn moeder bezig Nihal het recept voor ossobuco te leren. Ik ging zitten, trok de bestekla open en zei: 'Alessia Roncato heeft me uitgenodigd om mee te gaan skiën in Cortina.'

Mijn moeder keek me aan alsof ik had gezegd dat ik een staart had gekregen. Daarna pakte ze een stoel, haalde diep adem en stamelde: 'Schat, wat ben ik gelukkig.' En ze omhelsde me heel stevig. 'Wat zal het heerlijk zijn. Excuseer me een ogenblikje.' Ze stond op, glimlachte naar me en sloot zich op in het toilet.

Wat had ze opeens?

Ik legde mijn oor tegen de deur. Ze huilde en nu en dan haalde ze haar neus op. Toen hoorde ik dat de kraan werd opengedraaid en ze haar gezicht afspoelde.

Ik snapte het niet.

Ze begon in haar mobiel te praten. 'Francesco, ik moet je iets vertellen. Onze zoon is uitgenodigd om een week te gaan skiën... Ja, in Cortina. Zie je wel dat we ons geen zorgen hoeven te maken... Stel je voor, ik ben van pure vreugde als een kleuter in huilen uitgebarsten... Ik heb me moeten opsluiten in de wc zodat hij het niet zou zien...'

En zo had ik mij, met die absurde leugen die zomaar in me was opgekomen, in een rivier gestort die zo woest stroomde dat hij mij wegsleurde van de oevers van de waarheid en een kettingreactie veroorzaakte van proporties die groter en pijnlijker waren dan ik mij ooit had kunnen voorstellen.

De eerste dagen probeerde ik nog tegen mama te zeggen dat het een leugen was, dat ik die flauwekul had verteld als grapje, maar steeds wanneer ik haar zo gelukkig en enthousiast zag, trok ik me terug, verslagen en gefrustreerd en met het gevoel dat ik een moord had begaan.

Het probleem was niet haar te vertellen dat ik alles had verzonnen en dat niemand mij nergens voor had uitgenodigd, dat was vernederend, maar dat zou ik nog wel verdragen. Maar wat ik niet kon verdragen, was de vraag die onvermijdelijk zou volgen.

'Lorenzo, waarom heb je mij die leugen verteld?'

En op die vraag waren geen antwoorden.

's Nachts in mijn kamer probeerde ik toch een antwoord te vinden.

'Omdat...'

Maar het was alsof mijn brein koppig weigerde verder te gaan.

'Omdat ik een rotzak ben.' Dat was het enige antwoord dat ik mezelf kon geven. Maar ik wist dat dat niet alles was, dat daaronder iets was wat ik niet wilde weten.

En dus liet ik mij uiteindelijk meesleuren door de stroom en begon ik het zelf ook te geloven. Ik vertelde zelfs aan de Meerkat over mijn weekje skiën. En ik slaagde erin steeds overtuigender te klinken. Ik verrijkte mijn verhaal met details. We zouden naar een hut gaan, hoog in de bergen, en dan zouden we een helikopter nemen.

Na veel zeuren kreeg ik ski's, skischoenen en een nieuw jack. En met het verstrijken van de dagen begon ik te geloven dat Alessia me werkelijk had uitgenodigd.

Als ik mijn ogen dichtdeed zag ik haar naar me toe lopen. Ik maakte de ketting van mijn brommer los en zij keek naar me met haar blauwe ogen, ze haalde haar vingers door haar blonde pony, zette haar ene Nike op de andere en zei: 'Hé, Lorenzo, ik heb een weekje skiën georganiseerd, heb je zin om mee te gaan?'

Ik moest er even over nadenken en zei vervolgens rustig: 'Goed, ik ga mee.'

Op een dag stond ik met mijn nieuwe skischoenen aan in mijn kamer, toen mijn blik viel op de spiegel die aan de kast hing en ik een jongetje zag in onderbroek, bleek als een worm, met benen die leken op dorre twijgjes, geen haartje te bekennen, met een kippenborstje en tepeltjes zo klein als muntjes van vijf cent en met die belachelijke rode gevaartes aan zijn voeten. En na hem een halve minuut met halfopen mond te hebben aangestaard, zei ik tegen hem: 'Waar denk jij dat je heen gaat?'

En het jongetje in de spiegel antwoordde met een merkwaardig volwassen stem: 'Nergens.'

Ik wierp me met skischoenen en al op het bed en had het gevoel dat iemand tonnen kalkgruis over me heen had gegooid en ik zei tegen mezelf dat ik geen idee had hoe ik me uit die klotesituatie moest redden die ik zelf had veroorzaakt en dat als ik nog steeds, al was het maar één keer, probeerde te geloven dat Alessia me had uitgenodigd, ik uit het raam zou springen. Amen, bye bye, tot ziens en heel erg bedankt.

Dat was de simpelste weg. Ik had toch een rotleven.

'Genoeg! Ik moet tegen haar zeggen dat ik niet mee kan, omdat oma Laura kanker heeft en in het ziekenhuis op sterven ligt.' Ik zette een heel ernstig stemmetje op en zei, starend naar het plafond: 'Mama, ik heb besloten om niet te gaan skiën omdat oma ziek is en wat als ze doodgaat en ik er niet ben?'

Dat was een prima idee... Ik trok mijn skischoenen uit en begon door de kamer te dansen alsof de vloer gloeiend heet was. Ik sprong op het bed, vandaar op mijn bureau, draaide pirouettes tussen de computer, de boeken, de bak met schildpadjes, en zong ondertussen het Italiaanse volkslied: *'Fratelli d'Italia, l'Italia s'è desta.'* Met één sprong hing ik aan de boekenkast, en zong verder: *'Dell'elmo di Scipio...'*

Waar was ik mee bezig?

'*Sè cinta la testa.*'

Ik gebruikte de dood van oma om mezelf uit de stront te redden. Alleen een verwerpelijk wezen als ik kon zoiets slechts bedenken. Ik moest me schamen.

Ik wierp me weer op bed en schreeuwde het uit met mijn hoofd in mijn kussen en trappelend met mijn voeten.

Hoe kon ik me bevrijden van de leugen die me meesleurde naar de waanzin?

En opeens zag ik de kelder.

Donker. Uitnodigend.

En vergeten.

In de kelder was het fijn. Het was er lekker warm. Er was een wc'tje met muren vol vochtplekken. Je kon niet doortrekken, maar als je de emmer vulde in het wasbakje, kon je die legen in de wc-pot.

De rest van de ochtend bracht ik door met slapen en lezen: *Bezeten stad* van Stephen King. Toen het tijd was om te lunchen werkte ik een halve chocoladereep weg.

Ik was een overlevende na een invasie van aliens. Het menselijk ras was uitgeroeid en slechts enkelen hadden zich weten te redden door zich te verstoppen in kelders of in de ondergrondse ruimtes onder grote gebouwen. Ik was de enige overlevende in heel Rome. Ik moest wachten tot de aliens terugkeerden naar hun planeet, dan pas kon ik weer tevoorschijn komen.

Ik haalde mijn kleren en twee spuitbussen zelfbruiner uit

de rugzak. Ik zette mijn zonnebril en muts op en sprayde de zelfbruiner op mijn gezicht en handen.

Daarna klom ik met mijn vette handen op een ladekast en legde mijn mobieltje op de richel van het raam, waar het bereik had.

Ik maakte een blik artisjokken open en at er vijf.

Dít was pas vakantie. Nog eens wat anders dan Cortina.

Het gerinkel van de telefoon wekte me uit een droomloze slaap.

De kelder was donker. Op de tast vond ik mijn mobieltje, ik klom op de meubels en balancerend op een grote doos probeerde ik een uitbundige stem op te zetten. 'Mama!'

'En? Hoe is het?'

'Heel goed!'

'Waar ben je?'

Hoe laat was het? Ik keek op het display van mijn mobiel. Halfnegen. Ik had uren geslapen.

'We zijn in een pizzeria.'

'Ach... Welke?'

'In de hoofdstraat...' Ik wist niet meer hoe die pizzeria heette waar wij altijd met oma gingen eten.

'La Pedavena?'

'Precies.'

'En hoe is het weer?'

'Prachtig...' Misschien overdreef ik nu. 'Goed. Niet slecht.'

'Sneeuw?'

Hoeveel sneeuw zou er nu kunnen liggen? 'Een beetje.'

'Alles goed? Je stem klinkt zo raar.'

'Ja hoor. Alles goed.'

'Geef me even de moeder van Alessia, dan kan ik haar groeten.'

'Die is er niet. We zijn met z'n vijven. De moeder van Alessia is thuis.'

Stilte. 'O... Morgen bel ik weer en dan wil ik haar graag spreken. Vraag anders of zij mij even belt.'

'Goed. Maar nu moet ik ophangen want de pizza's komen eraan.' En alsof ik tegen een denkbeeldige ober praatte: 'Voor mij... Ja, die met ham graag.'

'Goed. We spreken elkaar morgen. En denk erom, je moet je goed wassen.'

'Dag mama.'

'Dag schat. Veel plezier.'

Dat was niet slecht gegaan, ik had het overleefd. Tevreden zette ik de Playstation aan om een beetje Soul Reaver te spelen. Maar ik moest alsmaar denken aan het telefoongesprek. Mama zou niet zo snel opgeven, ik kende haar te goed. Als ze de moeder van Alessia niet te spreken kreeg zou ze zelfs in staat zijn om naar Cortina te rijden. En als ik haar vertelde dat mevrouw Roncato tijdens het skiën een been had gebroken en in het ziekenhuis lag? Nee, ik moest iets beters verzinnen. Maar nu schoot me even niets te binnen.

De geur van vocht begon me te hinderen. Ik zette een

raam open. Mijn hoofd paste precies tussen de spijlen.

De tuin van de Barattieri's was bedekt met een tapijt van gele bladeren. Een lantaarn verspreidde een kil licht dat op het met klimop overgroeide hek viel. De Mercedes van mijn vader was er niet. Hij was waarschijnlijk uit eten, of aan het bridgen.

Ik ging terug naar bed.

Mama was drie verdiepingen hoger en lag ongetwijfeld op de bank met de bassethonden opgerold aan haar voeten en het dienblad met een beker melk en een stuk tulband. Ze zou in slaap vallen bij een zwart-witfilm. En als mijn vader thuiskwam, zou hij haar wakker maken en naar bed brengen.

Ik zette mijn walkman op en Lucio Battisti begon te zingen: '*Ancora tu.*' Ik zette hem meteen weer uit.

Ik haatte dat nummer.

De laatste keer dat ik het had gehoord was in de auto met mama. We stonden in de file op de Corso Vittorio. Een demonstratie had Piazza Venezia gestremd en de opstopping was als hitte uitgestraald en had het verkeer in het oude centrum verlamd.

Ik was die ochtend in de galerie van mijn moeder geweest om haar te helpen met het ophangen van de werken van een jonge Franse kunstenaar, van wie de week daarop de vernissage zou zijn. Ik vond ze mooi, die reuzenfoto's van mensen die in hun eentje in overvolle restaurants aten.

De scooters zigzagden tussen de stilstaande auto's door. Op de trap van de kerk lag een zwerver te slapen, opgerold in een gescheurde slaapzak. Om zijn hoofd had hij grijze vuilniszakken gewikkeld. Hij leek op een Egyptische mummie.

'Pfff! Wat is er toch aan de hand?' Mijn moeder begon te toeteren. 'Het is niet meer uit te houden in die stad... Hoe zou je het vinden om op het platteland te gaan wonen?'

'Waar?'

'Ik weet niet... In Toscane bijvoorbeeld.'

'Wij tweeën?'

'En papa. Hij zou dan de weekends kunnen komen.'

'We kunnen ook een huis kopen op Komodo.'

'Waar is Komodo?'

'Dat is een eiland heel ver weg.'

'En waarom zouden we daar gaan wonen?'

'Omdat daar de draken van Komodo zijn. Dat zijn enorme hagedissen die zomaar een levende geit of een oude man met reuma kunnen opeten. En ze lopen heel snel. We zouden ze kunnen temmen. En ze gebruiken om ons te beschermen.'

'Tegen wie?'

'Tegen iedereen.'

Mijn moeder zette het volume van de autoradio hoger en begon mee te zingen met Lucio Battisti. '*Ancora tu. Non mi sorprende lo sai...*'

Ik begon ook mee te zingen en toen het refrein kwam:

'Amore mio, hai già mangiato o no? Ho fame anch'io e non soltanto di te', pakte ik haar hand als een verliefde minnaar.

Mijn moeder lachte en schudde haar hoofd: 'Gekkerd... Gekkerd...'

Ik voelde me gelukkig. De wereld aan de andere kant van de raampjes, en mama en ik in een luchtbel tussen het verkeer. School bestond niet meer, huiswerk evenmin en ook niet alle miljarden dingen die ik moest doen om groot te worden.

Maar opeens zette mijn moeder de radio zacht. 'Kijk eens naar die jurk daar in de etalage. Wat vind je ervan?'

'Mooi. Misschien iets te veel decolleté.'

Ze keek me verbaasd aan. 'Decolleté? Sinds wanneer gebruik jij dat woord?'

'Dat heb ik in een film gehoord. Een vrouw zei dat ze een jurk had met een décolleté.'

'Weet je dan wat dat betekent?'

'Natuurlijk. Dat je te veel boezem kunt zien.'

'Volgens mij laat die jurk niet te veel zien.'

'Misschien niet.'

'Zal ik hem passen?'

'Goed.'

En als bij toverslag maakte een terreinwagen vlak voor ons een parkeerplek voor ons vrij.

Alsof haar instinct het stuur omgooide parkeerde mijn moeder de auto op de vrijgekomen plek.

Een doffe klap tegen de carrosserie. Mama trapte het rempedaal in en liet het koppelingspedaal los. Ik schoot naar voren, maar de veiligheidsriem hield me tegen op de stoel. De auto sloeg hikkend af.

Ik keek om. Een gele Smart zat tegen het achterportier van onze BMW geplakt.

Iemand was tegen ons aan gereden.

'Nee! Verdorie nog aan toe!' blies mijn moeder, terwijl ze het raampje liet zakken om de schade te bekijken.

Ik keek ook naar buiten. Aan de zijkant van de BMW was geen krasje te zien en ook niet op de buldogsnuit van de Smart. Voor de achterruit van het autootje hing een witblauwe pluchen duizendpoot waar LAZIO op stond. Toen zag ik dat de linkerzijspiegel ontbrak. Uit het gat waar die ooit had gezeten hingen gekleurde elektriciteitsdraadjes.

'Kijk, mama.'

Het portier van de Smart ging open en er ontvouwde zich het lichaam van een boom van een kerel die minstens een meter negentig lang was en tachtig centimeter breed.

Ik vroeg me af hoe hij in dat koektrommeltje paste. Hij leek wel een heremietkreeft die zijn kop en zijn scharen uit zijn schelp stak. Hij had kleine blauwe ogen, een pikzwarte pony, een paardengebit en een cacaokleurige zongebruinde huid.

'Wat is er gebeurd?' vroeg mijn moeder hem beschaamd.

De Lazio-fan stapte uit en hurkte neer naast het spiegeltje. Hij keek ernaar met een blik die zowel leed als waardigheid uitdrukte, alsof dat daar op de grond niet een stuk plastic en glas was, maar het lichaam van zijn afgeslachte moeder. Hij raakte het ook niet aan, net als bij een lijk dat wacht op de technische recherche.

'Wat is er gebeurd?' herhaalde mijn moeder op kalme toon, terwijl ze haar hoofd uit het raampje stak.

De man draaide zich niet eens om, maar antwoordde: 'Wat is er gebeurd?! Wil je weten wat er is gebeurd?' Zijn stem klonk hees en diep, alsof hij door een plastic buis praatte. 'Stap maar uit die auto en kom zelf kijken!'

'Blijf hier wachten,' zei mama tegen mij terwijl ze me in de ogen keek. Ze maakte haar veiligheidsgordel los en stapte uit.

Door de voorruit zag ik hoe haar abrikooskleurige jasje nat werd van de regen.

Een paar voetgangers bleven onder hun paraplu staan om te kijken. De auto's om ons heen probeerden luid toeterend het obstakel te omzeilen, als mieren die stilstaan voor een baksteen. Een meter of dertig verderop begon een stilstaande bus te toeteren.

Ik zat in de auto en zag de mensen staren naar mijn moeder en ik merkte dat ik geen adem meer kreeg en dat ik begon te zweten.

'Misschien moeten we even aan de kant,' suggereerde mijn moeder de man.

'Het verkeer, ziet u...'

Maar de man hoorde niets. Hij bleef maar naar zijn spiegeltje staren alsof hij het met zijn geesteskracht weer kon herenigen met de auto.

Toen liep mijn moeder naar hem toe en vroeg hem met een licht schuldgevoel en geveinsde deelneming: 'Hoe is het gebeurd?'

De regen had zich vermengd met de haargel, en de lokken van de man glommen, waarbij precies midden op zijn schedel een beginnende kaalheid zichtbaar werd.

Omdat mijn moeder geen antwoord kreeg, voegde ze er heel zachtjes aan toe: 'Is het ernstig?'

Eindelijk boog de man het hoofd en voor het eerst realiseerde hij zich dat de schuldige van die verschrikking daar naast hem stond. Hij nam mama van boven tot onder op, wierp vervolgens een blik op onze auto en toverde een glimlachje tevoorschijn.

Hetzelfde gemene glimlachje dat Varaldi en Riccardelli hadden als ze mij op mijn brommer zagen. Het glimlachje van het roofdier dat zijn oog op zijn prooi heeft laten vallen.

Ik moest haar waarschuwen. Haar zeggen dat ze meteen weg moest gaan.

De Lazio-fan pakte het spiegeltje op alsof het een roodborstje met een gebroken vleugeltje was. 'Misschien is het voor jou niet ernstig, maar voor mij wel. Ik heb hem net opgehaald van de garage. Weet je hoeveel dit spiegeltje kost?'

Mijn moeder schudde haar hoofd. 'Veel?'

Ik haalde mijn handen door mijn haar. Ze moest niet spotten met de Lazio-fan. Ze moest haar excuses aanbieden. Hem geld geven en de zaak afronden.

'Een vierde van het loon van een ober. Maar wat weet jij

daar nou van... Jij hebt dat soort problemen niet.'

Ik moest uitstappen om haar hand vast te pakken en weg te rennen, maar ik stond op het punt flauw te vallen.

Mijn moeder schudde ontsteld haar hoofd. 'Maar u bent toch tegen mij op gereden? Het is uw schuld...'

Ik zag de Lazio-fan even wankelen, zijn ogen sluiten en weer openen alsof hij de zojuist geïncasseerde dreun moest absorberen. Zijn neusvleugels trilden als die van een truffelhond.

'Mijn schuld? Van wie? Van mij? Ik ben tegen jou aan gereden?'

Vervolgens ging hij rechtop staan, spreidde zijn armen en gromde: 'Wat zeg jij daar, kutwijf?'

Hij had mijn moeder 'kutwijf' genoemd.

Ik probeerde mijn veiligheidsriem los te maken, maar mijn handen tintelden alsof ze sliepen.

Mama had haar best gedaan om zelfverzekerd over te komen. Ze was meteen uit de auto gestapt, in de regen, ze was vriendelijk geweest, bereid om de schuld op zich te nemen als ze die had, ze had niets verkeerds gedaan en een kerel die ze nog nooit in haar leven had gezien had haar zojuist 'kutwijf' genoemd.

'Kutwijf. Kutwijf. Kutwijf.' Ik zei het drie keer in mezelf, de pijnlijke minachting van dat woord proevend.

Geen greintje vriendelijkheid, beleefdheid of respect, helemaal niets.

Ik moest hem vermoorden, maar waar was mijn woede gebleven? De rode vloeistof die mij vulde wanneer iemand mij hinderde? De razernij die ervoor zorgde dat ik met voorovergebogen hoofd in de aanval ging? Ik was een lege batterij. Overweldigd door de verschrikking slaagde ik er niet eens in mijn veiligheidsriem los te maken.

'Hoezo? Wat heb ik dan gedaan?' zei mijn moeder alsof ze in haar borst geraakt was en ze zette drie stappen achteruit en slaagde erin een hand op haar borstbeen te leggen.

'Liefje? Schoonheid?' Uit het raampje van de Smart stak het puntige gezicht van een meid met geblondeerde krullen en een groene bril en paarse lippenstift. Ik had haar nog niet eens gezien. 'Schatje, weet je wat jij bent? Jij bent een hoer die is volgestopt met geld. Jij bent tegen óns aan gereden. Wij hadden deze parkeerplaats eerder gezien dan jij.'

De Lazio-fan wees met vlakke hand naar mama. 'Alleen omdat jij een droge kut vol geld bent denk jij dat je maar gewoon kunt doen wat je wilt. De wereld is zeker van jou, hè?'

De krullenbol in de Smart begon in haar handen te klappen. 'Goed zo, Teodoro. Leer die snol maar een lesje.'

Ik moest iets doen, maar ik kon alleen denken aan het feit dat hij Teodoro heette en dat ik niemand kende met die naam.

Ik ademde diep uit om die gedachte uit mijn hoofd te krijgen. Mijn oren en mijn nek kookten en mijn hoofd tolde.

Misschien Teo, de oude cockerspaniël van die mevrouw

op de eerste verdieping. Die heette eigenlijk Teodoro, maar hij werd Teo genoemd.

We moesten nu onmiddellijk weg. Ik had met deze hele toestand niets te maken, ik had gezegd dat de jurk te veel decolleté had en als ze naar mij had geluisterd...

Ik maakte de riem los, maar kon me niet bewegen. Ik zat op een stenen reus die zijn armen om me heen had geslagen en me niet liet gaan. Ik keek naar het trottoir in de hoop dat iemand mijn moeder zou helpen.

De voorbijgangers waren een menigte wazige silhouetten.

De Lazio-fan pakte mijn moeders pols vast en gaf haar een harde ruk. 'Kom maar kijken, liefje. Kom maar kijken wat je hebt gedaan.'

Mijn moeder verloor haar evenwicht en viel.

De schelle stem van de vrouw: 'Teo! Teo! Laat toch zitten, het is al laat. Ze snapt het toch niet, die kuttige burgertrut.'

Mijn moeder lag languit met een ladder in haar panty op de kinderhoofdjes. In Rome worden de straten niet geveegd. Vol duivenpoep. Ze lag naast het wiel van de auto, de kerel boven op haar.

Nu gaat hij op haar spugen, dacht ik.

Maar hij zei alleen: 'En dank God maar op je blote knieën dat je een vrouw bent. Want anders...'

Wat zou hij anders hebben gedaan als ze geen vrouw was geweest?

Mama sloot haar ogen en ik voelde dat de reus mij tussen zijn stenen armen klemde zodat ik niet meer kon ademen en toen knalde het dak van de auto open en hij en ik vlogen voorbij al die mensen, voorbij de Lazio-fan, voorbij mijn moeder die op de kinderhoofdjes lag, voorbij het verkeer, voorbij de daken vol kraaien, voorbij de kerktorens.

Ik viel flauw.

Om negen uur scheen de zon in gouden bundels gefilterd door de vuile ramen. Misschien kwam het door de warmte die werd afgegeven door de verwarmingsbuizen, maar het kostte me moeite om wakker te blijven.

Ik gaapte en liep in onderbroek en T-shirt naar het badkamertje om mijn tanden te poetsen.

Tot nu toe boden mijn oksels nog weerstand. Ik werd niet gek bij de gedachte dat ik me moest wassen met koud water en bovendien mocht ik best stinken, er was toch niemand die mij rook. Ik sprayde wat zelfbruiner op en smeerde een boterham met Nutella.

Ik besloot een paar uur te besteden aan het ontdekken van de kelder. Al die spullen waren van de vorige eigenares van ons appartement, gravin Nunziante, die geen familie had nagelaten. Mijn vader had het huis gekocht met alle meubels erbij en die in de kelder opgeslagen.

In de laden van een oude ladekast vond ik kleurige kleren, schriften vol getallen, boekjes met opgeloste kruiswoordraadsels, dozen vol punaises, paperclips, balpennen, doorzichtige stenen, pakjes Muratti, lege parfumflesjes, uitgedroogde lippenstiften. Er waren ook stapels ansichtkaarten. Cannes, Viareggio, Ischia. Zwart uitgeslagen zilveren bestek. Brillen. Ik vond zelfs een blonde pruik die ik op mijn hoofd zette en vervolgens trok ik een oranje zijden kamerjas aan. Ik liep door de kelder alsof het de salon van een kasteel was. 'Goedenavond hertog, ik ben gravin Nunziante. Ach, bent u er ook, gravin Sinibaldi. Inderdaad, dit feest is een beetje saai en ik heb markies Meerkat nog niet gezien. Hij zal toch niet in de krokodillengracht zijn gevallen?'

Onder allerlei opgestapelde meubeltjes stond een langwerpige dekenkist, beschilderd met rode en groene bloemen. Het leek wel een doodskist.

'Hier rust de arme Goffredo. Hij had een vergiftigde schnitzel gegeten.'

Het mobieltje begon te rinkelen.

Ik pufte. 'Nee hè! Alsjeblieft, mama... Laat me met rust.'

Ik probeerde het gerinkel te negeren, maar het lukte niet. Geïrriteerd klom ik naar het raam. Op het display stond een nummer dat ik niet kende. Wie was dat? Behalve mama, Nihal, oma en soms papa belde nooit iemand mij op.

Besluiteloos bleef ik staren naar het mobieltje, maar uiteindelijk, te nieuwsgierig, nam ik toch op. 'Hallo?'

'Hé, Lorenzo. Met Olivia.'

Het duurde even voordat ik begreep dat het Olivia was... Olivia, mijn halfzusje. 'Hé. Hoi.'

'Hoe is het met je?'

'Goed, dank je. En met jou?'

'Goed. Sorry dat ik je stoor, maar ik heb je nummer gekregen van tante Roberta. Ik wilde je iets vragen... Weet jij misschien of mama en papa thuis zijn?'

Was dit een val? Ik moest heel goed opletten. Misschien had mama iets door en gebruikte ze Olivia om uit te vinden waar ik werkelijk was. Maar voor zover ik wist, spraken Olivia en mama niet met elkaar.

'Ik weet het niet... Ik ben op skivakantie.'

'O...' Haar stem klonk teleurgesteld. 'Nou, je zal het wel fijn hebben daar.'

'Ja.'

'Maar vertel eens, Lorenzo, zijn je vader en moeder normaal gesproken thuis op dit tijdstip?'

Wat was dat voor een rare vraag? 'Papa is op dit tijdstip op zijn werk. En mama gaat soms naar de sportschool of naar de galerie. Dat hangt ervan af.'

Stilte. 'Ik snap het. En als zij er niet zijn, is er dan iemand anders?'

'Dan is Nihal er.'

'Wie is Nihal?'

'De huisknecht.'

'O. Goed. Luister, wil je iets voor me doen?'

'Wat dan?'

'Aan niemand zeggen dat ik je heb gebeld.'

'Goed.'

'Beloof het.'

'Ik beloof het.'

'Goed zo. Veel plezier met skiën. Ligt er sneeuw?'
'Een beetje.'
'Nou, tot ziens. En denk erom: mondje dicht.'
'Goed. Dag.' Ik hing op, trok de pruik van mijn hoofd en probeerde te begrijpen wat ze nou eigenlijk van me wilde. En waarom wilde ze weten waar papa en mama waren? Waarom belde ze hen niet op? Ik haalde mijn schouders op. Het waren mijn zaken niet. En hoe dan ook, als het een val was, was ik er mooi niet in getrapt.
'Ze is hartstikke gek.'

De laatste keer dat ik mijn halfzusje Olivia had gezien, was met Pasen 1998 geweest.

Ik was twaalf en zij eenentwintig. We hadden een paar zomers samen doorgebracht op Capri in de villa van oma Laura, maar ik was toen te klein om me dat nog te herinneren.

Olivia was de dochter van mijn vader en een trut uit Como die mama haatte. Een tandarts met wie papa was getrouwd voordat ik geboren was. Hij woonde in die tijd in Milaan en had samen met de tandarts Olivia gekregen. Vervolgens waren ze gescheiden en was papa met mama getrouwd.

Mijn vader praatte niet graag over zijn dochter. Nu en dan ging hij haar opzoeken en dan kwam hij altijd humeurig terug. Voor zover ik had begrepen was Olivia gek. Ze deed alsof ze fotografe was, maar ze zat altijd in de problemen.

Ze was van school gestuurd en een paar keer weggelopen van huis en vervolgens had ze in Parijs een relatie gekregen met de accountant van mijn vader.

Al die dingen had ik zelf als puzzelstukjes in elkaar gelegd, want mijn ouders praatten nooit over Olivia waar ik bij was. Maar soms, in de auto, vergaten ze per ongeluk dat ik er ook was en dan lieten ze zich weleens iets ontvallen. Twee dagen voor Pasen waren we naar mijn oom toe gegaan die in Campagnano woonde en onderweg had papa tegen mama gezegd dat hij Olivia voor het eten had uitgenodigd om met haar te praten en haar over te halen om naar Sicilië te gaan, waar fraters haar zouden opsluiten op een mooie plek vol fruitbomen en een moestuin en waar van alles te doen was.

Ik had verwacht dat Olivia lelijk was en een onvriendelijk gezicht had, net als de stiefzusters van Assepoester, maar ze was juist ongelooflijk mooi, zo'n meisje bij wie je, zodra je naar haar kijkt, een knalrood gezicht krijgt zodat iedereen meteen snapt dat je haar mooi vindt en als ze tegen je praat weet je niet wat je met je handen moet doen, dan weet je niet eens hoe je moet zitten.

Ze had een enorme bos blonde krullen die op haar rug vielen en grijze ogen en ze was helemaal bedekt met sproeten, net als ik. Ze was lang en had grote, zware borsten. Ze had de koningin van een middeleeuws rijk kunnen zijn.

Ik bleef even nadenken over dat rare telefoontje, maar toen zei ik in mezelf dat ik een veel belangrijker probleem op te lossen had. Mijn eigen probleem. Met een andere telefoonkaart zou ik een berichtje naar mijn moeder kunnen sturen alsof het afkomstig was van de moeder van Alessia. Maar dat zou niet afdoende zijn. Mama wilde haar persoonlijk spreken.

Ik zette een hoog stemmetje op. 'Dag mevrouw, u spreekt met... de moeder van Alessia... Ik wilde u zeggen dat het heel goed gaat met uw zoon en dat hij het erg naar zijn zin heeft. Tot ziens.'

Verschrikkelijk. Ze zou me binnen een seconde herkennen.

Ik pakte het mobieltje en toetste in:

> Hoi mama we zijn in een berghut. Mijn
> mobiel heeft geen bereik. Ik bel je morgen.
> Hou van je.

En zo kon ik weer een dag winnen.

Ik zette de telefoon uit, wiste mijn moeder uit mijn hoofd, ging op het bed liggen, deed mijn oortjes in en begon Soul Reaver te spelen. Ik trof een *boss* tegenover me die zo moeilijk was dat ik uit woede dat ik hem niet kon verslaan de Playstation uitzette en een boterham met mayonaise en champignons uit blik klaarmaakte.

Wat had ik het goed. Als ze me voedsel en water zouden brengen, zou ik daar de rest van mijn leven willen blijven. En ik realiseerde me dat ik, als ik in de gevangenis terecht zou komen, godgezegend gelukkig zou zijn.

Eindelijk had de vlieg het nest gevonden waar hij zichzelf kon zijn en hij zou zomaar een tukje kunnen doen.

Ik sperde mijn ogen wijd open. Er werd gemorreld aan het slot van de deur.

Niet één keer was de gedachte door me heen gegaan dat er iemand in de kelder zou kunnen komen.

Ik staarde naar de deur maar kon me niet bewegen, alsof ik was vastgekleefd aan het bed. Mijn luchtpijp zat dicht en ik kon bijna niet ademen.

Met een plotselinge sprong, alsof ik me had losgemaakt uit een spinnenweb, wierp ik me van het bed, ik stootte met mijn linkerknie tegen de rand van het nachtkastje en met opeengeklemde kaken, een kreet van pijn inslikkend, wurmde ik me hinkend tussen een kast die met doorzichtig plastic was bedekt en de muur. Vandaar af, mijn rug schavend aan de muur, gleed ik onder een tafel waar opgerolde tapijten lagen. Daar ging ik op liggen, terwijl het bloed bonkte in mijn slapen.

Gelukkig kregen ze de deur niet open. Het was een oud slot en als je de sleutel er helemaal in stak, ging het niet open.

Maar de deur vloog toch open.

Ik beet in de stinkende stof van het tapijt.

Vanuit mijn schuilplaats kon ik alleen een stukje van de vloer zien. Ik hoorde voetstappen en toen verschenen er een spijkerbroek en zwarte cowboylaarzen.

Nihal had geen laarzen. Mijn vader droeg Church's en 's zomers mocassins. Mijn moeder had heel veel laarzen, maar niet zulke lelijke. En de Meerkat droeg alleen maar een paar oude uitgezakte sneakers. Wie kon dit zijn?

Wie het ook was, hij of zij zou zien dat de kelder bewoond was. Alles was er. Het bed, het eten, de televisie die aanstond.

Intussen dwaalden de zwarte laarzen door de ruimte alsof ze iets zochten. Ze liepen naar mijn bed en bleven staan.

De eigenaar van de laarzen ademde door zijn mond, alsof hij verkouden was. Hij tilde een blikje op van de tafel en zette het weer neer. 'Is daar iemand?' Een vrouwenstem.

Ik klemde mijn kiezen in het tapijt. Als ze me niet ontdekt, zei ik in mezelf, zal ik elke dag op bezoek gaan bij die lolbroek van een neef van me, Vittorio. Ik zweer bij God dat ik zijn beste vriend word.

'Wie is daar?'

Ik sloot mijn ogen en drukte mijn handen tegen mijn oren, maar desondanks hoorde ik dat ze praatte, rondliep, zocht.

'Kom maar tevoorschijn. Ik heb je gezien.'

Ik deed mijn ogen weer open. Een donker figuur zat op mijn bed.

'Kom, sta op.'

Nee, al was ik dood dan nog zou ik daar niet vandaan komen.

'Ben je soms doof? Kom tevoorschijn.'

Misschien was het toch beter om op te staan en te kijken wie het was. Ik trok mezelf op en als een hond die met zijn snuit in de koelkast is betrapt, kroop ik tevoorschijn.

Op het bed zat Olivia.

Ze was vermagerd en haar lange blonde haar was kortgeknipt. Haar gezicht zag er gespannen en vermoeid uit. Ze droeg een spijkerbroek, een vaal shirtje met het logo van Camelsigaretten erop en een donkerblauw matrozenjack.

Ze keek me stomverbaasd aan. 'Wat doe jij hier?'

Ik sloeg mijn ogen neer en zag dat ik alleen een onderbroek aanhad. Als er iets was wat ik haatte, was het me te vertonen in onderbroek en dan met name aan vrouwen.

Gegeneerd pakte ik mijn broek van de vloer en trok die aan.

'Waarom heb je je hier verstopt?'

Ik wist niet wat ik moest zeggen. Ik was zo van slag dat ik amper mijn schouders kon ophalen.

Mijn halfzus stond op en keek om zich heen. 'Laat ook maar, het interesseert me niet. Ik zoek een grote doos die ik aan mijn... aan onze vader had gegeven. De bediende boven zei dat die hier moest zijn. Hij kon zelf niet komen zoeken omdat hij moest strijken. Hij is vast een lul.'

Inderdaad kon Nihal een beetje lullig doen tegen mensen die hij niet goed kende. Hij had de slechte eigenschap dat hij iedereen altijd van top tot teen opnam.

'Het is een grote doos en er staat OLIVIA op geschreven. Help me even zoeken.'

Ik ging ijverig zoeken en was allang blij dat het mijn halfzusje geen zier kon schelen waarom ik in die kelder zat.

Maar er was geen spoor te bekennen van die doos, of beter gezegd: er waren een heleboel dozen, maar op geen daarvan stond OLIVIA.

Mijn halfzus schudde haar hoofd. 'Kun je nagaan hoe zorgvuldig papa omgaat met mijn spullen.'

Ik zei met ingehouden stem: 'Maar hij is wel je vader.'

'Je hebt gel...' Olivia hief haar vuist als teken van overwinning. Onder een dressoir, precies achter de deur van de kelder, stond een grote doos bedekt met sellotape waarop stond geschreven HUIS VAN OLIVIA BREEKBAAR.

'Daar is-ie. Moet je zien waar ze hem hebben neergezet. Help even, hij is zwaar.'

We sleepten hem naar het midden van de kamer.

Olivia ging in kleermakerszit op de grond zitten, trok de sellotape eraf en haalde de doos leeg: boeken, cd's, kleren, make-up, alles gooide ze op de vloer. 'Daar is het.'

Wat ze zocht was een wit boek met een versleten kaft. *De Tweelingentrilogie.*

Ze bladerde het door en zocht iets, terwijl ze in zichzelf praatte.

'Shit, het zat erin. Dit is niet te geloven. Die klootzak Antonio heeft het waarschijnlijk toch gevonden.'

Ze sprong op. Haar ogen begonnen te glanzen alsof ze op het punt stond te huilen. Ze zette haar handen in haar zij, keek naar het plafond en begon toen als een furie tegen haar tas te schoppen. 'Teringzooi! Teringzooi! Ik haat je. Zelfs dat heb je meegenomen. En wat moet ik verdomme nu beginnen?'

Ik keek haar verschrikt aan, maar kon me toch niet inhouden. 'Wat zat er dan in?'

Ze ging op de grond zitten en bedekte met een hand haar gezicht.

Ik dacht dat ze zou gaan huilen.

Toen keek ze me aan. 'Heb jij geld?'

'Wat?'

'Geld. Ik heb geld nodig.'

'Nee. Sorry.' In werkelijkheid had ik wel geld, papa had me dat gegeven voor de onkosten tijdens het skiën, maar ik wilde het bewaren om een stereo-installatie te kopen.

'Zeg me de waarheid.'

Ik schudde mijn hoofd en spreidde mijn armen. 'Ik zweer het. Ik heb niks.'

Ze keek me aan alsof ze probeerde te zien of ik de waarheid sprak. 'Doe me een lol. Leg alles terug in de doos en maak hem weer dicht.' Ze deed de kelderdeur open. 'Dag.'

Ik zei: 'Luister.'

Ze bleef staan. 'Wat is er?'

'Zeg alsjeblieft tegen niemand dat ik hier ben. Zelfs niet aan Nihal. Als je het vertelt, ben ik er gloeiend bij.'

Olivia keek me aan zonder me te zien. Ze dacht aan iets anders, aan iets wat haar zorgen baarde. Vervolgens knip-

perde ze met haar ogen alsof ze zichzelf wakker wilde schudden. 'Goed. Ik zal niets zeggen.'
'Dank je.'
'Je gezicht is trouwens geel. Je hebt overdreven met de zelfbruiner.' En ze trok de deur achter zich dicht.

Operatie Bunker begon aan alle kanten te lekken. Mama wilde praten met de moeder van Alessia. Olivia had me betrapt. En nu had ik ook nog een fosforescerend gezicht.

Ik bleef naar mezelf kijken in de spiegel en las de gebruiksaanwijzingen op de zelfbruinende spray alsmaar over. Nergens stond hoe lang het duurde voordat het weg was.

Ik vond een oude bus Vim, smeerde dat op mijn gezicht en ging op het bed liggen.

Het enige waar ik zeker van was, was dat Olivia niets zou zeggen. Ze leek niet het type dat spioneerde. Ze was minstens tien kilo afgevallen en ze had vierkante jukbeenderen gekregen. Ze was niet meer zo mooi als twee jaar geleden.

Na tien minuten spoelde ik mijn gezicht af, maar het was nog net zo oranje als eerst.

Ik rommelde in de doos van mijn zus. Alles was er klakkeloos in gegooid. Er zaten vooral kleren en schoenen in. Een oude draagbare computer. Een fototoestel zonder lens. Een boeddha van stinkend hout. Papier, beschreven met een rond, groot handschrift. Voor het merendeel lijsten van dingen die gedaan moesten worden. Genodigden voor een feest. Boodschappenlijstjes. In een lichtblauwe map vond ik foto's van Olivia toen ze nog gezond en mooi was. Op een daarvan lag ze op een roodfluwelen bank en droeg ze alleen een mannenoverhemd waaruit een stukje borst stak. Op een andere zat ze op een stoel en trok ze kousen aan, met een sigaret in haar mond. De foto die ik het mooist vond, was op de rug genomen, met haar hoofd naar de lens gedraaid. Met een hand hield ze een borst vast. En ze had benen waar geen einde aan kwam. Ik mocht daar niet eens aan denken. Olivia was voor vijftig procent mijn zus.

Tussen de foto's was er eentje die kleiner was, een zwartwitfoto.

Mijn vader met lang haar, spijkerbroek en leren jack zat op een bolder in een haven met op zijn knie een klein meisje, waarschijnlijk Olivia, dat likte aan een ijsje.

Ik barstte in lachen uit. Ik had nooit gedacht dat mijn vader zich zo verschrikkelijk kleedde toen hij jong was. Ik had hem altijd gezien met kortgeknipt grijzend haar en een grijs pak en een das en gaatjesschoenen. Maar daar, met die haren als van een oude tenniskampioen, zag hij er gelukkig uit.

Ik vond ook een brief die Olivia aan papa had geschreven.

Lieve papa,

Graag wil ik je nogmaals bedanken voor het geld. Telkens wanneer jij me uit de problemen haalt door jouw financiële middelen te gebruiken, vraag ik me af: wat als er geen geld zou bestaan op de wereld, hoe zou mijn vader mij dan kunnen helpen? En bovendien vraag ik me af of je het doet uit schuldgevoel of uit liefde voor mij. Zal ik je eens iets zeggen? Ik wil het niet weten. Ik mag van geluk spreken dat ik een vader zoals jij heb, die mij ervaring laat opdoen en mij helpt wanneer het misgaat, oftewel bijna altijd. Maar nu is het genoeg geweest, ik wil niet meer worden geholpen.

Je hebt me nooit gemogen, je vindt me vervelend, als we samen zijn ben je altijd veel te serieus. Misschien ben ik het levende bewijs van een heel foute liefde en moet je telkens wanneer je mij ziet denken aan die stommiteit die je hebt begaan door met mijn moeder te trouwen. Maar dat is mijn schuld niet. Daar ben ik honderd procent zeker van. Van al het andere ben ik niet zo zeker. Wie weet als ik jou vaker had opgezocht, als ik had geprobeerd een bres in de muur te slaan die ons scheidde, misschien was het dan anders geweest.

Ik bedacht dat als ik ooit een boek over mijn leven zou schrijven, ik het hoofdstuk over jou 'Dagboek van een haat' zou noemen. Maar hoe dan ook: ik moet leren jou niet te haten. Ik moet leren jou niet te haten wanneer jouw

geld binnenkomt en wanneer je me opbelt
om te vragen hoe het met me gaat. Ik heb je
te veel gehaat, zonder mezelf te sparen. Ik ben
het beu.

   Dus nogmaals veel dank, maar ik verzoek
je om elke neiging om mij te helpen van nu af
aan te onderdrukken. Jij bent een meester in
repressie en stilte.

   Je dochter,
   Olivia

Ik las de brief minstens drie keer over. Ik kon niet geloven dat Olivia papa zo erg haatte. Ik wist dat ze niet zo goed met elkaar konden opschieten, maar hij was toch nog steeds haar vader. En dan dit! Natuurlijk, als je papa niet kende zou je makkelijk kunnen denken dat hij een nare man was. Zo iemand die altijd serieus doet en denkt dat hij de wereld in zijn eentje moeten leiden. Maar als je hem 's zomers op het strand zag, of tijdens het skiën, was hij heel aardig en vriendelijk. En bovendien was Olivia degene die hém niet wilde zien, die altijd agressief deed en met de tandarts tegen hem had samengespannen. Mama en papa deden al het mogelijke om de relatie te herstellen.

   'Het dagboek van een haat. Een beetje overdreven. En wat moest je eigenlijk met al dat geld?' mompelde ik in mezelf. Ik had er goed aan gedaan haar geen geld te geven. Ze verdiende het niet. En bovendien liet ze naaktfoto's van zichzelf maken.

Ik gooide al die rommel weer in de doos en zette hem terug op zijn plek.

Het was misschien drie uur 's nachts en ik zweefde, met mijn oordopjes in, door het donker terwijl ik Soul Reaver speelde. Opeens had ik de indruk dat ik iets hoorde in de kelder. Ik trok mijn oordopjes uit en keek langzaam om me heen.

Er klopte iemand tegen het raam.

Ik sprong achteruit en er gleed een huivering over mijn rug alsof ik een vacht had die geaaid werd. Ik onderdrukte een kreet.

Wie kon dat zijn?

Wie het ook was, hij hield niet op met kloppen.

De ramen weerkaatsten het blauwige schijnsel van het televisiescherm en mijzelf, terwijl ik doodsbang stond te luisteren.

Ik probeerde te slikken, maar dat lukte niet. Van angst begon mijn hoofd te duizelen. Ik begon diep in en uit te ademen. Ik moest rustig blijven. Er was geen gevaar. Het raam had spijlen en niemand kon erdoorheen, tenzij hij zo week was als een inktvis.

Ik knipte de zaklamp aan en richtte de lichtbundel trillend op het raam.

Achter het glas gebaarde Olivia dat ik moest opendoen.

'Verdorie!' pufte ik. Ik liep naar het raam en deed het open. Er kwam ijskoude lucht binnen. 'Wat wil je nou weer?'

Ze keek me aan. Haar ogen waren rood en ze leek heel moe.

'Tering, ik heb een halfuur op het raam geklopt.'

'Ik had mijn oortjes in. Wat is er?'

'Ik heb onderdak nodig, broertje.'

Ik deed alsof ik het niet begreep. 'Hoe bedoel je?'

'Ik bedoel dat ik niet weet waar ik moet slapen.'

'En je wilt hier slapen?'

'Goed zo.'

Ik schudde mijn hoofd. 'Geen sprake van.'

'Waarom niet?'

'Daarom niet. Dit is mijn kelder. Ik woon hier nu. Er is maar plaats voor één persoon.'

Ze bleef me zwijgend aankijken, alsof ze dacht dat ik een grapje maakte.

Ik moest eraan toevoegen: 'Sorry, maar het is niet anders. Ik kan echt niet...'

Ze schudde ongelovig haar hoofd. 'Het is ijskoud buiten. Het is minstens vijf graden onder nul. Ik weet verdomme niet waar ik naartoe moet. Ik vraag je om een gunst.'

'Het spijt me.'

'Je bent wreed, weet je dat? Je bent echt een kind van je vader.'

'Onze vader,' corrigeerde ik haar.

Ze haalde een pakje Marlboro tevoorschijn en stak er een

op. 'Kun je me misschien uitleggen waarom ik vannacht niet hier kan blijven? Wat is je probleem?'

Wat moest ik tegen haar zeggen? Ik voelde woede in me opkomen. Ik voelde hem duwen tegen mijn middenrif.

'Je schopt alles voor me in de war. Er is geen plaats. Ik ben hier incognito. Ik kan niet opendoen. Ga maar ergens anders heen. Of wacht, ik heb een idee, bel boven maar aan. Dan laten ze je slapen in de logeerkamer. Daar zal je het heel goed hebben...'

'Ik slaap nog liever op een bankje in Villa Borghese dan dat ik bij die klootzakken slaap.'

Maar hoe haalde ze het in haar hoofd? Wat had papa toch verkeerd gedaan om zo'n dochter te verdienen? Ik schopte tegen de muur.

'Alsjeblieft... Alsjeblieft... Alles is hier op orde, ik heb mijn zaakjes prima voor elkaar, alles is volmaakt en dan kom jij en je maakt er een puinhoop van...' Ik merkte dat ik griende en ik haatte grienen.

'Hé... Hoe heet je ook alweer? Lorenzo. Lorenzo, luister goed naar me. Ik ben aardig geweest. Vanochtend vroeg je me om niets te zeggen en ik heb niets gezegd. Ik heb je niets gevraagd. Ik wil het niet weten. Dit zijn jouw zaken. Ik vraag je om een gunst. Als jij even de kelder uit loopt en de voordeur voor me opendoet, kan ik binnenkomen. Niemand zal ons zien.'

'Nee. Ik heb gezworen dat ik de kelder niet uit ga.'

Ze keek me aan. 'Aan wie heb je dat gezworen?'

'Aan mij... Aan mezelf.'

Ze nam een trekje van haar sigaret. 'Goed. Weet je wat ik dan doe? Dan druk ik nu op de intercom en vertel ik ze dat jij in de kelder zit. Wat vind je daarvan?'

'Dat zou je nooit doen.'

Er verscheen een vals lachje om haar lippen. 'O nee? Dan ken je mij nog niet...'

Ze liep naar het midden van de tuin en zei met tamelijk luide stem: 'Attentie, attentie! Er heeft zich een jongetje verstopt in de kelder. Hij heet Lorenzo Cuni en hij doet alsof hij een weekje skiën is... Flatgenoten...'

Ik wierp mijn armen tegen de spijlen en smeekte: 'Stil! Alsjeblieft, hou je mond.'

Ze keek me geamuseerd aan. 'Nou, doe je nog open, of moet ik het hele gebouw wakker maken?'

Ik kon niet geloven dat ze zo vals was. Ze had me te grazen genomen. 'Goed. Maar morgen ga je weg, beloofd?'

'Beloofd.'

'Ik kom eraan. Ga maar alvast naar de voordeur.'

Ik rende zo haastig de kelder uit dat ik pas toen ik door de gang rende merkte dat ik mijn schoenen niet had aangetrokken. Ik moest snel zijn. Gelukkig was het laat. Mijn ouders maakten het vaak laat, maar niet tot drie uur 's nachts.

'Stel je voor dat ik mijn ouders tegenkom terwijl ik de voordeur openmaak. Wat zou ik dan een pleefiguur slaan,' zei ik in mezelf terwijl ik met twee treden tegelijk de trap op rende. Ik liep voor het conciërgehokje langs. Over de Meerkat hoefde je je 's nachts geen zorgen te maken. Die sliep niet maar verkeerde in een soort lethargie, had hij mij eens uitgelegd, en dat was de schuld van de zigeuners die zijn waak-slaapritme in de war hadden gegooid. Ongeveer drie jaar daarvoor waren ze een keer 's nachts het appartementengebouw binnengedrongen en hadden een verdovende spray in zijn gezicht gespoten. Met al die appartementen vol geld, schilderijen en juwelen waren die sukkels gaan stelen bij de Meerkat. Ze hadden een bril en een radio meegenomen. Om een lang verhaal kort te maken: die stakker had drie dagen achtereen geslapen. Zelfs op de eerste hulp hadden ze hem niet wakker kunnen krijgen. Sindsdien, zo heeft hij me uitgelegd, is hij altijd moe en als hij eenmaal in slaap valt, slaapt hij zo diep dat 'ik de sigaar ben als er een aardbeving komt. Wat hebben die klootzakken van zigeuners me in godsnaam in m'n gezicht gespoten?'

Ik liep door de hal. Het marmer koud onder mijn voeten.

Ik maakte de grote voordeur open en ze stond me op te wachten.

'Dank je, broertje,' zei ze.

Olivia ging op de bank zitten. Ze trok haar laarzen uit, kruiste haar benen en stak weer een sigaret op. 'Leuke plek is dit. Echt gezellig.'

'Dank je,' antwoordde ik alsof het mijn eigen huis was.

'Heb je iets te drinken?'

'Ik heb vruchtensap, lauwe Coca-Cola... en water.'

'Heb je geen bier?'

'Nee.'

'Dan een sapje,' bestelde ze, alsof ze in een bar was.

Ik bracht haar de fles. Ze nam een grote slok en veegde daarna haar mond af aan de mouw van haar trui. 'Dit is mijn eerste rustige moment van de dag.' Ze wreef in haar ogen. 'Ik moet nodig uitrusten.' Ze legde haar hoofd tegen de rugleuning van de bank en bleef stil zitten staren naar het plafond.

Ik zweeg en keek naar haar zonder te weten wat ik moest zeggen. Misschien had ze geen zin om te praten of beschouwde ze mij niet als iemand om mee te babbelen. Des te beter.

Ik ging liggen en begon te lezen, maar kon me niet concentreren. Van achter mijn boek gluurde ik naar haar. Ze had de sigaret in haar mond en haar ogen waren dicht. De askegel werd alsmaar langer maar ze tipte hem niet weg en ik was bezorgd dat hij op haar zou vallen en een gat zou branden. Misschien sliep ze.

'Heb je het koud? Wil je een deken?' vroeg ik om te controleren of ze inderdaad sliep.

Het duurde een hele tijd voordat ze antwoord gaf. Met dichte ogen zei ze: 'Ja, dank je.'

'Er zijn hier dekens van de gravin. Ze zijn heel oud en ze stinken een beetje.'

'De gravin?'

'Ja. Die vrouw die in ons huis woonde voordat wij er kwamen. Moet je je voorstellen: papa had het huis gekocht maar stuurde haar niet weg. Hij heeft gewacht tot ze doodging. Om haar te helpen. Dit hier is het hele interieur van gravin Nunziante.'

'O. Hij heeft dus de blote eigendom gekocht.'

'Wat betekent dat?'

'Weet je niet wat de blote eigendom is?'

'Nee.'

'Dat is als iemand geen familie heeft of geen cent meer bezit en zijn huis verkoopt tegen een lage prijs maar daar dan mag blijven tot zijn dood... Het is niet zo makkelijk uit te leggen.' Ze had een binnenpretje. 'Wacht. Ik zal het je goed uitleggen...' Ze sprak langzaam, alsof ze niet op haar woorden kon komen. 'Stel je voor dat je oud bent en je hebt niemand, je hebt een miezerig pensioentje, wat doe je dan? Dan verkoop je je huis met jezelf erin en pas als jij dood bent gaat het huis met alles erin naar degene die het heeft gekocht. Snap je?'

'Ja.' Ik snapte er niets van. 'Maar hoe lang duurt dat dan?'

'Dat ligt eraan wanneer je doodgaat. Het kan net zo goed een dag zijn als tien jaar. Ze zeggen dat je nooit doodgaat als je eenmaal de blote eigendom hebt verkocht. Als iemand doodziek is en die verkoopt de blote eigendom, dan blijft hij opeens toch nog twintig jaar leven.'

'Hoezo?'

'Ik weet niet... Ik denk dat als de mensen hopen dat jij doodgaat...'

'Dus als jij de eigenaar bent moet je maar hopen dat die ouwe snel doodgaat. Wat akelig.'

'Heel goed. Dus papa... heeft jullie huis gekocht toen de...' Ze zweeg opeens. Ik wachtte tot ze verder zou gaan maar haar armen waren slap geworden alsof ze in haar borst was geschoten. De sigaret bungelde aan haar lippen en was uitgegaan, de as was op haar hals terechtgekomen.

Zachtjes liep ik naar haar toe. Ik legde mijn oor tegen haar gezicht. Ze ademde nog.

Ik pakte een deken en legde die over haar heen.

Toen ik wakker werd stond de zon al midden in een blauwe hemel zonder wolken. De palmboom schudde in de wind. In Cortina was het een perfecte dag om te skiën.

Olivia had zich opgerold op de bank en sliep met haar gezicht op een smerig kussen geplakt. Ze moest wel heel erg moe zijn.

'Laten we haar maar even met rust laten,' zei ik in mezelf en ik herinnerde me dat mijn mobiel nog uit stond. Zodra ik hem had aangezet kwamen er drie berichten binnen. Twee van mijn moeder. Ze was bezorgd en wilde dat ik haar belde zodra ik ergens was waar ik bereik had. En een van mijn vader, dat mama bezorgd was en dat ik haar moest bellen zodra mijn telefoon bereik had.

Ik at mijn ontbijt en begon Soul Reaver te spelen.

Een uur later werd Olivia wakker.

Ik speelde verder, maar wierp zo nu en dan een blik op

haar. Ik wilde haar laten zien dat ik een harde jongen was, iemand die zich van niets en niemand wat aantrekt.

Ze zag eruit alsof ze was uitgekauwd en uitgespuugd door een monster dat haar smerig vond smaken. Het kostte haar een halfuur om overeind te komen. Op haar wangen en voorhoofd stonden afdrukken van het kussen. Ze wreef alsmaar haar ogen uit en bewoog haar tong in haar mond. Uiteindelijk bracht ze een enkel woord uit: 'Water.'

Ik gaf haar water. Ze zette de fles aan haar mond. Vervolgens begon ze aan haar armen en benen te voelen terwijl ze pijnlijke grimassen trok. 'Alles doet pijn. Alsof ik prikkeldraad in mijn spieren heb.'

Ik hief mijn handen op. 'Je zal wel griep hebben. Ik heb hier geen medicijnen. Je moet naar de apotheek. Als je naar...'

'Ik kan echt niet weg.'

'Hoezo? Je had me beloofd dat je vandaag zou weggaan.'

Olivia bracht een hand naar haar voorhoofd. 'Ben jij zo opgevoed? Hebben ze je geleerd om een klootzak te zijn? Dat kan niet alleen opvoeding zijn, er moet ook iets fouts en verknipts in jou zitten.'

Ik zweeg met gebogen hoofd en kon niets antwoorden. Wat wilde ze nou eigenlijk van me? Ze was niet eens mijn zus. Ik kende haar niet. Het was niet eerlijk, ik viel niemand lastig, waarom moest zij mij dan lastigvallen? Ze was in mijn hol gekomen onder valse voorwendselen en nu wilde ze niet meer weg.

Ze stond op, knielde met moeite en een van pijn vertrokken gezicht voor me neer en keek me aan. Haar pupillen waren zo groot en zwart dat het blauw van de irissen bijna niet meer zichtbaar was. 'Luister, dat jij je hier verstopt hebt en je eigen gang gaat wil nog niet zeggen dat jij een goed mens bent. Het is te makkelijk om zo te denken.'

Het was alsof ze mijn gedachten had gelezen.

'Het spijt me... Er is niet genoeg eten voor twee. Alleen daarom is het. En bovendien moet je hier stil zijn. En verder... Nee. Het gaat echt niet. Ik moet alleen zijn,' stamelde ik met gebalde vuisten.

Ze hief haar handen op alsof ze zich overgaf. 'Goed, ik ga. Je bent een te erge rotzak.'

'Inderdaad.'

'En je bent niet goed bij je hoofd.'

'Klopt.'

'En je stinkt ook nog.'

Ik snoof even aan mijn oksel. 'Wat kan mij dat schelen? Ik ben hier toch alleen. Ik mag stinken zoveel ik wil. En bovendien: moet je horen wie het zegt. Je stinkt zelf ook.'

Op dat moment ging de telefoon.

Het was mijn moeder.

Ik deed alsof ik het niet hoorde in de hoop dat het zou stoppen, maar het stopte niet.

Olivia keek me aan. 'Nou? Neem je niet op?'

'Nee.'

'Waarom niet?'

'Daarom niet.'

Het hield niet op. Mama was zeker heel boos. Ik zag al voor me hoe ze op het bed zat te blazen van ergernis.

Ik sprong op de stapel meubels en pakte mijn mobiel. Zij was het. Ik nam op.

'Hoi, mama.'

'Lorenzo, is alles goed met je?'

'Ja.'

'Ik heb je al honderd keer proberen te bellen.'

'Heb je mijn berichtje niet ontvangen?'

'Jawel. Maar dat zijn geen manieren. Je had me moeten bellen voordat je wegging.'

'Ik weet het... Sorry, maar we vertrokken onverwachts naar de berghut. Ik wilde je net gaan bellen.'

'Je hebt me ongerust gemaakt. Hoe gaat het met je?'

'Goed. Heel goed.'

'Ik moet de moeder van Alessia spreken.'

'Dat kan nu niet. Bel later maar terug.'

Even was ze stil en toen barstte ze los: 'Zo is het genoeg, Lorenzo. Of je laat me praten met de moeder van Alessia, of ik bel de ouders van de andere kinderen.' Haar stem klonk hard en ze deed haar best om niet te schreeuwen. 'Genoeg kletspraatjes. Wat houd je voor me verborgen?'

Ze had het eindpunt bereikt. De rek was eruit, verder dan dit kon ik haar niet spannen.

Ik keek naar Olivia. 'O, wacht... Daar is ze... Ik zal vragen of ze even aan de telefoon kan komen.'

Ik legde de telefoon neer en klom van de meubels af. Ik ging naast Olivia zitten en fluisterde in haar oor: 'Alsjeblieft, je moet me helpen... Ik smeek je. Je moet doen alsof je de moeder van Alessia bent. Mijn mama denkt dat ik in Cortina aan het skiën ben bij een meisje dat Alessia Roncato heet en dat me heeft uitgenodigd voor een weekje skivakantie. Je moet doen alsof je de moeder van Alessia bent. Zeg haar dat het goed met me gaat en dat alles in orde is. Het is heel belangrijk dat je haar ook zegt dat ik aardig ben.'

Een vals glimlachje plooide de mond van mijn halfzus. 'Ik denk echt niet...'

'Ik smeek je.'

'Al vermoorden ze me.'

Ik greep haar pols vast. 'Als ze erachter komt dat ik niet ben gaan skiën is het afgelopen voor mij. Dan sturen ze me naar de psycholoog.'

Ze maakte zich los uit mijn greep. 'Nooit van mijn leven. Ik ga echt niet een egoïstisch rotjoch uit de stront halen dat mij wegstuurt uit zijn luizenkelder.'

De trut! Ze had me opnieuw te grazen. 'Goed dan. Als jij met mijn moeder praat, mag je blijven.'

Ze pakte een laars van de vloer. 'Je denkt toch niet dat ik hier nog wil blijven!'

'Ik zweer dat ik alles doe wat je wilt.'

'Op je knieën.' En ze wees naar de vloer.

'Op m'n knieën?'

'Op je knieën.'

Ik gehoorzaamde.

'Zeg me na. Ik zweer op het hoofd van mijn ouders dat ik de slaaf zal zijn van Olivia Cuni...'

'Toe, ze zit te wachten aan de telefoon... Ga nou,' jammerde ik bloednerveus.

Zij daarentegen was kalm. 'Herhaal.'

Ze tergde me tot het uiterste. 'Ik zweer op het hoofd van mijn ouders dat ik de slaaf zal zijn van Olivia Cuni...'

'Voor de rest van mijn leven...'

'Voor de rest van mijn leven?! Ben je helemaal gek geworden?' Ik keek naar het plafond en pufte: 'Voor de rest van mijn leven.'

'En ik zal altijd aardig tegen haar zijn en voor haar klaarstaan.'

'En ik zal altijd aardig tegen haar zijn en voor haar klaarstaan. Schiet nou alsjeblieft op...'

Ze stond op met een grimas van pijn. 'Hoe heet dat meisje?'

'Alessia. Alessia Roncato.'

'Kent je moeder die mevrouw?'

'Nee.'

Ze strompelde als een reumatisch oud vrouwtje naar de opgestapelde meubels en klom met moeite naar het raam. Zo te zien had ze echt pijn. Maar toen ze praatte klonk haar stem schallend: 'Dag mevrouw Cuni! Wat leuk u te spreken. Hoe is het met u?!'

Van pure zenuwen begon ik in mijn hand te bijten.

Ze leek het heel leuk te vinden om met mijn moeder te praten. 'Natuurlijk... Jazeker... Ja natuurlijk, dat heeft Lorenzo me verteld. Neemt u mij niet kwalijk dat ik u niet eerder zelf heb gebeld, ik kon er niets aan doen, we hadden het zo druk. U weet toch hoe dat gaat tijdens een skivakantie. Ach, welnee... Ach, welnee... Dank u, maar wij vinden het alleen maar fijn, hij is zo'n keurig opgevoede jongen... Natuurlijk kunnen wij elkaar tutoyeren. Sneeuw? Is er sneeuw?' Ze wierp me een wanhopige blik toe.

'Een beetje,' fluisterde ik haar toe.

'Een beetje,' zei ze rustig. 'Alessia is heel blij.' Ze keek me aan en schudde haar hoofd. 'Uw zoon is erg aardig. Hij maakt iedereen aan het lachen. We vinden het een feest om hem erbij te hebben. Hij is zo'n inschikkelijke jongen.'

'Gaaf. Je bent geweldig,' liet ik mij ontvallen zonder dat ik het zelf merkte.

'Als je wilt geef ik mijn nulzesnummer. Maar wij bellen je in elk geval snel weer op. Ja, tot gauw... Dank je, jij ook een fijne dag. Tot snel. Ja, goed. Goed. Dank je. Dank je. Dá-ág.' En ze hing op.

Ik sprong op met mijn armen in de lucht. 'Wow! Je was geweldig. Je klonk precies als de moeder van Alessia. Ken je haar misschien?'

'Ik ken het type,' zei ze en vervolgens leunde ze met een hand tegen de muur, kneep haar ogen dicht, deed ze weer open, keek me aan en braakte in haar handen.

In de wc braakte ze verder. Of beter gezegd, ze deed haar

best om te braken maar het lukte niet. Daarna liet ze zich uitgeput op de bank vallen en trok haar broek uit. Haar witte benen trilden en ze trappelde alsof ze het trillen van zich af wilde schoppen. 'Het is zover. Het is gekomen...' hijgde ze met dichte ogen.

Maar wat had ze dan voor een ziekte? En wat als het besmettelijk was?

'Wat is gekomen?'

'Niks... Het is niks...'

'Maar wat heb je dan? Gaat jouw ziekte over op anderen?'

'Nee. Maak je geen zorgen. Let maar niet op mij, doe maar net alsof ik er niet ben. Goed?'

Ik slikte. 'Goed.'

Ze had malaria. Net als Caravaggio.

Ze had gezegd dat ik mijn eigen gang moest gaan. Prima. Geen probleem. Daar was ik een meester in. Ik ging Soul Reaver spelen. Het gebruikelijke monster moest worden verslagen. Maar zo nu en dan kon ik het toch niet laten om even naar haar te kijken.

Ze kon niet langer dan een minuut stilliggen. Ze woelde, veranderde van houding alsof ze op een tapijt van glasscherven lag. Ze wikkelde de deken om zich heen, wierp hem weer af en trappelde en pufte alsof ze gemarteld werd.

Ik werd gek van dat overdreven geklaag van haar. Volgens mij was het allemaal nep en deed ze het alleen maar om mij te irriteren.

Ik zette het volume van mijn oordopjes op maximaal, draaide me naar de muur en duwde mijn hoofd zo dicht tegen het boek aan dat mijn ogen scheel keken, maar na een paar regels te hebben gelezen sloot ik ze.

Twee uur later deed ik ze weer open. Olivia zat helemaal bezweet op de rand van de bank. Ze wiebelde nerveus met haar benen en keek naar de vloer. Ze had haar trui uitgetrokken, ze droeg een donkerblauw hemdje dat te wijd was en je kon haar tieten zien hangen. Ze was zo mager dat je alle botten kon zien en haar voeten waren lang en dun. Haar nek als van een hazewindhond, brede schouders, haar armen...

Wat was dat midden op haar armen?

Blauwe plekken omzoomd met rode puntjes.

Ze tilde haar hoofd op. 'Geslapen, hè?'

Die plek op Sicilië waar papa haar heen wilde sturen...

'Wat?'

Het geld...

'Heb je geslapen?'

Mijn ouders die ophielden over Olivia zodra ze mij zagen...

'Ja.'

Die ziekte die niet besmettelijk was...

'Ik moet iets eten.'

Ze was net als die mensen in Villa Borghese. Op de bankjes. Die je vragen of je kleingeld hebt. Met bierflesjes. Ik bleef altijd ver uit de buurt van die mensen. Ik vond ze altijd eng.

'Geef eens een koekje... Of wat brood...'

En nu was een van die mensen hier.

Ik stond op, pakte de zak met brood uit de la en gaf haar die.

Naast mij. In mijn hol.

Ze pufte en gooide het brood op de bank. 'Ik wil me wassen... Ik walg van mezelf...'

'Er is alleen koud water.' Ik verbaasde me erover dat ik nog kon antwoorden.

'Geeft niet. Ik moet me vermannen.' Ze stond moeizaam op en liep naar de wc. Ik wachtte tot ik het water hoorde stromen en wierp me toen op haar rugzak. Daarin zaten een versleten portefeuille, een agenda vol briefjes, een mobiel en in plastic verpakte naalden.

Ik lag op bed en staarde naar het plafond. Het was stil, maar als ik stopte met ademhalen hoorde ik het water stromen in de wc, de auto's die op straat voorbijreden, een telefoon die in de verte rinkelde, de verwarmingsketel, de houtwormen. En ik rook de geur van al die opgestapelde spullen, de bijtende geur van het hout van de meubels en de bittere stank van de vochtige tapijten.

Een doffe bonk.

Ik tilde mijn hoofd op van het kussen.

De deur van de wc stond halfopen.

Ik stond op en ging kijken.

Olivia lag op de grond, naakt, wit, gebogen tussen de wc-pot en het fonteintje, probeerde zich op te richten maar het lukte niet. Haar benen gleden weg op de natte vloertegels als die van een paard op een stuk ijs. Een paar zwarte haartjes op haar kut.

Ik bleef staan en staarde naar haar.

Ze leek een zombie. Een zombie die zojuist was neergeschoten.

Ze zag me staan naast de deuropening en knarsetandde. 'Wegwezen! Eruit! Doe die klotedeur dicht!'

Ik pakte de kamerjas van gravin Nunziante en hing die over de deurkruk. Toen ze naar buiten kwam met een versleten handdoek om zich heen, pakte ze de kamerjas, keek ernaar, trok hem aan, ging op de bank liggen en draaide zich zonder een woord te zeggen met haar rug naar mij toe.

Ik zette de koptelefoon op. Er stond een nummer op van een cd van papa. Het was een pianostuk zonder einde, van die kalme muziek die zichzelf alsmaar herhaalde en die mij een gevoel van afstand gaf, alsof ik achter een ruit stond, alsof ik naar een documentaire keek. Zij en ik waren niet in dezelfde ruimte.

Naarmate de tijd verstreek ging het steeds slechter met mijn zus. Ze trilde alsof ze koorts had. Ze was een havenhoofd waarop golven van pijn kapotsloegen. Ze hield haar ogen dicht, maar ze sliep niet. Ik hoorde haar binnensmonds kreunen. 'Tering nog aan toe. Wat een schijtzooi. Ik hou het niet meer vol... Dit hou ik niet vol.'

De muziek bleef alsmaar hetzelfde in mijn oren dreunen, terwijl mijn zus opstond van de bank, weer ging liggen, haar benen tot bloedens toe openkrabde, weer opstond, om zich heen sloeg, haar hoofd tegen de kastdeur legde. Haar gezicht verwrongen van pijn. Ze begon in en uit te ademen met haar handen in haar zij.

'Kom op, Oli, je kunt het... Kom op... Kom op, verdomme.' Vervolgens rolde ze zich op in een hoekje met haar handen tegen haar gezicht gedrukt. Zo bleef ze een hele tijd zitten.

Ik slaakte een zucht van verlichting. Het leek erop dat ze in die oncomfortabele houding in slaap was gevallen. Maar nee, ze stond weer op en begon te schoppen tegen alles wat haar voor de voeten kwam.

Ik trok de koptelefoon van mijn hoofd, rende naar haar toe en pakte haar vast bij haar pols. 'Je moet stil zijn! Zo kan iedereen je horen! Alsjeblieft...'

Ze keek me aan met van haat en bloed doordrenkte ogen en duwde me weg. 'Hou op met je gesmeek... Donder op! Zet die klotekoptelefoon weer op... Stomme eikel.' Ze gaf een schop tegen de keramieken hond, die op de grond viel en zijn kop brak.

Nog harder smekend probeerde ik haar tegen te houden. 'Alsjeblieft... Alsjeblieft... Hou op... Als je zo doet zijn we erbij, snap je dat?'

'Donder op of ik maak je af... Ik zweer bij god dat ik je afmaak...' Ze gooide een glazen lamp naar me toe, die aan diggelen viel. 'Je moet me met rust laten! Wil je dat nou eindelijk begrijpen?' Ik strekte mijn armen uit en gaf haar een harde duw.

Olivia vloog achteruit, struikelde en smakte met haar schouders tegen de kast. Ze was als verlamd, met open mond, ongelovig dat ik haar een duw had gegeven.

'Wat wil je van mij? Ga weg!' gromde ik.

Olivia zette twee stappen in mijn richting en gaf me een klap. 'Rotjoch... Haal het niet in je hoofd.'

En nou maak ik haar af, dacht ik bij mezelf, terwijl ik mijn gloeiende wang aanraakte. Ik voelde een kokende brok diep in mijn keel, ik hield mijn tranen in, ik balde mijn vuisten en sprong boven op haar. 'Ga weg, smerig stuk junkstront!'

We belandden op de bank. Ik boven, zij onder. Olivia schopte en sloeg in de lucht in een poging zichzelf te bevrijden, maar ik was groter en sterker dan zij. Ik greep haar polsen vast en schreeuwde tien centimeter van haar gezicht vandaan: 'Wat wil je verdomme van mij? Zeg het me!'

Zij probeerde zich los te maken, maar opeens, alsof ze geen kracht meer had om zich te verzetten, liet ze zich gaan, gaf ze zich over en ik viel boven op haar.

Ik trok mezelf op en liep weg. Ik trilde helemaal, bang voor wat ik haar had kunnen aandoen. Ik had haar net zo goed kunnen vermoorden. Om af te koelen begon ik tegen de grote dozen te schoppen.

Intussen lag Olivia te snikken met haar gezicht tegen de rugleuning en haar armen om haar benen geslagen.

'Nou is het genoeg!' Ik rende naar mijn rugzak, opende het voorvak, pakte het geld eruit en schreeuwde tegen haar: 'Hier. Pak aan. Gebruik dit maar. Neem maar. Als je maar weggaat.' En ik gooide het naar haar toe.

Olivia stond op van de bank en pakte het geld van de vloer. 'Wel verdomme nog aan toe... Ik wíst wel dat je geld had...' Ze pakte haar broek, klemde het geld in haar vuist en sloot haar ogen. Tranen biggelden langs haar oogleden. Haar schouders schokten en ze begon te snikken. 'Nee. Dat kan ik niet...'

Ze liet het geld vallen, streek met een hand over haar gezicht en barstte los in een wanhopige huilbui. 'Ik heb gezworen dat ik zou stoppen... En... dit keer... stop ik... anders is alles afgelopen...'

Ik begreep er niks van. De woorden vermengden zich met haar snikken.

'Ik ben een... trut... Ik heb het hem... gegeven... Ik heb het hem gegeven... Hoe heb ik dat kunnen doen?' Ze keek me wanhopig aan. 'Ik heb met een smeerlap geneukt voor een shot. Dat zwijn heeft me tussen de auto's geneukt... Wat smerig... Zeg dat ik smerig ben... Zeg het... Zeg het... Alsjeblieft... Ik smeek je...' En toen zakte ze op de vloer en begon te reutelen alsof ze een stomp in haar maag had gekregen.

Ze ademt niet, dacht ik, terwijl ik mijn oren bedekte, maar haar gereutel bleef bonken tegen mijn trommelvliezen.

Iemand moet haar helpen. Er moet iemand komen. Anders stikt ze nog.

'Help... Help... Alsjeblieft, help!' smeekte ik tegen de muren van de kelder.

Toen zag ik haar.

Ze lag op de grond tussen het geld, eenzaam en wanhopig.

Binnen in mij brak iets. De reus die mij stevig tegen zijn borst gedrukt hield, had me losgelaten. De reus wist dat ik het kon.

'Sorry, ik wilde je geen pijn doen. Het spijt me...' Ik pakte mijn zusje bij haar armen en tilde haar op van de vloer.

Ik kon niet meer ademen, alsof er iets klem zat in mijn keel. Ik wist niet wat ik moest doen, ik trok aan haar en sloeg haar vervolgens op de rug terwijl ik smeekte: 'Niet doodgaan. Alsjeblieft, niet doodgaan. Ik zal je helpen. Ik zorg dat het goed komt...' En heel langzaam hoorde ik een beetje lucht haar mond binnengaan en afdalen naar haar borst. Eerst een klein beetje, daarna bij elke ademhaling iets meer en ten slotte mompelde ze: 'Ik ga niet dood. Er is meer voor nodig om mij dood te krijgen.'

Ik omhelsde haar en legde mijn voorhoofd tegen haar hals, mijn neus op haar sleutelbeen, en barstte in snikken uit.

Ik kon niet meer stoppen. De tranen kwamen als vuursalvo's, even was ik rustig en dan zwol ik weer op en huilde nog harder dan daarvoor.

Olivia trilde en klappertandde. Ik pakte een deken en sloeg die om haar heen, maar zij merkte het nauwelijks. Het leek of ze sliep, maar ze sliep niet. Ze kneep haar lippen samen van pijn.

Ik voelde me nutteloos. Ik wist niet wat ik moest doen. 'Wil je wat Coca-Cola? Een boterham?' vroeg ik.

Ze gaf geen antwoord.

'Wil je dat ik papa bel?'

Ze opende haar ogen en mompelde: 'Nee. Doe dat alsjeblieft niet.'

'Wat kan ik dan voor je doen?'

'Wil je me echt helpen?'

Ik knikte.

'Dan moet je slaappillen voor me zoeken. Ik moet slapen. Zo houd ik het niet langer uit.'

'Ik heb alleen aspirine, paracetamol en promethazine...'

Ik schaamde me dat ik daar als een sukkel naar haar stond te kijken.

Bij oma Laura had ik ook altijd dat gevoel.

Sinds twee jaar werd haar maag weggevreten door een tumor en ze had al een heleboel operaties ondergaan. En telkens weer moesten we bij haar op bezoek en lag zij daar in dat ziekenhuiskamertje met die kunstleren stoelen, de *Gente* en *l'Espresso* die alleen wij lazen, de formica meubels, de lichtgroene wanden, de bar met uitgedroogde croissants, de nerveuze verpleegsters met hun verschrikkelijke witte klompen, de afzichtelijke tegels op het balkonnetje zonder planten en zij in dat metalen bed, volgestopt met medicijnen, met open mond zonder kunstgebit, en mijn ouders die zwijgend naar haar keken terwijl ze met samengeknepen lippen naar elkaar glimlachten en hoopten dat oma zo snel mogelijk zou doodgaan. Ik snapte niet waarom we bij haar op bezoek moesten. Oma merkte nauwelijks dat wij er waren.

'We houden haar gezelschap. Dat zou jij ook fijn vinden,' zei mijn mama tegen mij.

Nee, dat was niet waar. Het is gênant als anderen je zien wanneer je je niet goed voelt. En iemand die aan het sterven is, wil alleen zijn. Dat van die bezoekjes begreep ik echt niet.

Ik keek naar mijn zus. Ze trilde over haar hele lichaam. Ik kon haar niet helpen.

Toen, plotseling: het licht.

Wat een sukkel. Ik wist waar ik die medicijnen kon vinden. 'Ik regel het wel. Blijf hier, ik ben zo terug.'

Onder een zacht regentje nam ik tram 30.

Gelukkig deed de Meerkat zijn middagdutje toen ik het gebouw verliet.

Ik ging voor in de tram zitten met de capuchon van mijn sweater over mijn hoofd getrokken. Ik was een geheim agent en mijn missie was mijn zus te redden en niets kon mij tegenhouden.

De laatste keer dat wij oma naar het ziekenhuis hadden

gebracht, had zij in mijn oor gelispeld: 'Lieverd, pak alle medicijnen uit mijn nachtkastje en verstop ze in de tas. Die rotartsen in dat ziekenhuis geven me nooit genoeg medicijnen om de pijn te verdrijven. Maar zorg dat niemand je ziet.' Het was me gelukt ze in de tas te stoppen zonder dat iemand het had gemerkt.

Op een paar meter van Villa Ornella stapte ik uit.

Maar toen ik voor het ziekenhuis stond, zonk alle moed me in de schoenen. Ik had oma beloofd dat ik haar een keer in mijn eentje zou opzoeken, maar ik was nooit gegaan. Ik kon het niet opbrengen om met haar te praten alsof we nog bij haar thuis waren. De keren dat ik samen met papa en mama was gegaan, waren een marteling geweest.

'Kom op, Lorenzo, nu kun je het wel opbrengen,' zei ik tegen mezelf, en ik liep de parkeerplaats over. Ik keek of de auto's van mijn vader en moeder er niet stonden en liep toen met twee treden tegelijk de trap op naar de ingang van het ziekenhuis. Ik rende door de hal. De zuster achter de balie keek even op van haar computerscherm, maar zag alleen een schim de trap op verdwijnen. Ik vloog naar de derde verdieping. Ik holde door de lange gang over de witte en bruine vloertegels. Het waren er 3225. Ik had ze geteld op de dag dat oma geopereerd werd. Ik was de hele middag samen met papa in het ziekenhuis gebleven en zij kwam niet meer terug uit de operatiekamer.

Ik liep langs het kamertje van de verpleegsters. Ze lachten. Ik sloeg rechtsaf en een levende dode kwam me sloffend tegemoet. Hij droeg een lichtblauwe pyjama die was afgezet met witte zomen. Een paars litteken liep over zijn jukbeen tot naast zijn mond. Witte krullen staken uit de v-hals van het pyjamajasje. Een vrouw die op een brancard lag keek naar een schilderij van een zee bij storm dat aan de muur hing. Uit een kamer kwam een klein meisje dat werd teruggegrepen door de hand van de moeder.

Kamer 131.

Ik wachtte tot mijn hartslag iets daalde en deed de deur open.

De urinezak was bijna leeg. Het kunstgebit dreef in een glas op het nachtkastje. Het infuus aan de driepoot. Oma Laura lag te slapen in het bed met de spijlen. Haar lippen waren in haar wijdopen mond gevallen. Ze was zo klein en mager dat ik haar kon oppakken en wegdragen in mijn armen.

Ik liep naar het bed en keek hoe ze beet op de binnenkant van haar wangen.

Wat was ze oud. Een hoopje botten bedekt door een rimpelige, schilferige huid. Een been stak uit de lakens. Het was zwart en blauw en dor als een stok, de voet helemaal verdraaid en de grote teen naar binnen gedraaid, alsof de binnenkant van ijzerdraad was. Ze rook naar talkpoeder en alcohol. Haar haren, die ze als ze niet ziek was altijd in een netje bijeengebonden droeg, hingen lang en wit als die van een heks los op het kussen.

Ze kon net zo goed dood zijn. Maar op haar gezicht stond niet de kalme gelaatsuitdrukking van lijken, maar een lijdende, starre uitdrukking, alsof er voortdurend pijn door haar vlees stroomde.

Ik liep naar het voeteneind van het bed en legde het laken over haar blote voet. Haar vetleren tas stond in de kast. Ik deed de tas open en pakte alle medicijnflesjes en -doosjes en stopte ze in de zakken van mijn jack. Terwijl ik de rits dichttrok hoorde ik achter mij fluisteren: 'Lo... ren... zo... Ben jij het?'

Ik draaide me met een ruk om. 'Ja, oma. Ik ben het.'

'Lorenzo, ben je me komen opzoeken?' Een pijnscheut deed haar gezicht verkrampen. Ze hield haar ogen halfopen. De doffe oogbollen waren gewikkeld in rimpelige plooien.

'Ja.'

'Goed zo. Kom eens naast me zitten...'

Ik ging op een metalen kruk naast het bed zitten.

'Oma, ik moet eigenlijk...'

'Geef me je hand.'

Ik drukte haar hand. Die was warm.

'Hoe laat is het?'

Ik keek op de klok aan de muur. 'Tien over drie.'

''s Nachts...' Ze bewoog even en drukte zachtjes mijn hand. 'Of...?'

''s Middags, oma.'

Ik moest gaan. Het was gevaarlijk om daar te zijn. Als de verpleegsters me zagen zouden ze het zeker aan mijn ouders vertellen.

Oma Laura zweeg en ademde door haar neus alsof ze in slaap was gevallen. Ze draaide zich om, om een prettiger houding te vinden.

'Heb je pijn?'

Ze raakte haar maag aan. 'Hier... Het houdt nooit op. Het spijt me dat je me zo moet zien lijden. Wat is het erg om zo te sterven.' Ze trok de woorden een voor een naar buiten, alsof ze ernaar zocht in een lege doos.

'Je gaat niet dood,' mompelde ik met mijn ogen strak op de gele urinezak gericht.

Ze glimlachte. 'Nee, nog niet. Dit lijf van mij wil niet gaan. Dat wil maar niet begrijpen dat het afgelopen is.'

Ik wilde haar zeggen dat ik haast had en weg moest, maar ik durfde niet. Ik staarde naar de kleren op de houten kleerhanger: de donkerblauwe rok, het witte bloesje, het donkerrode vest.

Die zal ze niet meer dragen, dacht ik bij mezelf. Sterker nog, die trekken ze haar aan wanneer ze haar in de kist leggen.

Ik keek naar de matglazen lamp met de koperen stang die aan het plafond hing. Waarom was deze kamer zo lelijk? Iemand die doodgaat zou een prachtige kamer moeten hebben. Ik wilde doodgaan in mijn eigen kamer.

'Oma, ik moet gaan...' Ik wilde haar omhelzen. Misschien was dit de laatste keer dat ik dat kon doen. Ik vroeg: 'Mag ik je omhelzen?'

Oma opende haar ogen en knikte.

Ik drukte haar zachtjes tegen me aan, terwijl ik mijn gezicht in het kussen drukte en de bijtende geur van de medicijnen, het wasmiddel van het sloop en de zure geur van haar lichaam rook.

'Ik... luister, ik moet... ik moet nu naar school.'

Ik kwam overeind.

Zij pakte mijn pols vast en zuchtte: 'Vertel eens... Lorenzo. Dan denk ik er niet aan.'

'Wat, oma?'

'Ik weet niet. Wat je wilt. Een mooi verhaal.'

'Nu?' Olivia wachtte op me.

'Als je niet wilt, geeft het niet, hoor...'

'Maar waargebeurd of verzonnen?'

'Verzonnen. Breng me naar een andere plek.'

Ik wist wel een verhaal. Ik had het een keer 's ochtends op school verzonnen. Maar mijn verhalen hield ik altijd voor mezelf, want als ik ze vertelde verlepten ze meteen, net als wanneer je veldbloemen plukte, en dan vond ik ze niet meer leuk. Maar dit keer was het anders.

Ik ging gemakkelijker op de kruk zitten.

'Goed, een verhaal... Oma, herinner jij je nog die robot in je zwembad in Orvieto? Dat geel-paarse machientje dat dient om het zwembad schoon te maken? Die robot heeft een soort elektronisch brein in zich dat leert hoe de bodem van het zwembad is gemaakt, zo kan hij het goed schoonmaken zonder steeds op dezelfde plekjes te komen. Weet je nog, oma?' Ik kon niet opmaken of ze sliep, wakker was of dood was.

'Dit verhaal gaat over een zwembadrobot. Hij heet K19, net als de Russische onderzeeërs. Goed... Op een dag komen in Amerika alle generaals en de president van de Verenigde Staten bijeen om te bespreken hoe Saddam Hoessein vermoord moet worden. Ze hebben alles al geprobeerd om hem uit te schakelen. Zijn villa is een fort in de woestijn, hij heeft luchtdoelraketten die worden afgeschoten zodra de raketten van de Amerikanen komen en brengt die in de lucht tot ontploffing. De president van Amerika is wanhopig, als hij Saddam niet onmiddellijk doodt, wordt hij ontslagen. Als zijn generaals niet binnen tien minuten een manier vinden om de dictator uit te schakelen, stuurt hij ze allemaal naar Alaska. Op een gegeven moment staat er een generaal op, een klein kereltje, maar wel een computerdeskundige, die nooit iets zegt omdat hij totaal onbelangrijk is, en die zegt dat hij een idee heeft. Iedereen schudt het hoofd, maar de president zegt dat hij zijn idee moet vertellen. Het kereltje begint uit te leggen dat Saddam nooit iets koopt uit angst voor verborgen bommen. Hij had een keer een ananas besteld en daar zat een bom in, waardoor zijn kok om het leven kwam. En sindsdien wordt alles wat hij in zijn villa heeft, gemaakt in zijn ondergrondse ruimtes. Televisies, videoapparaten, koelkasten, computers, alles. Maar er is één ding dat hij niet zelf kan maken en dat hij wel buiten móet kopen. De zwembadrobots. Het zwembad van Saddam Hoessein is zo groot dat zijn robot de weg kwijtraakt, en de wind in de woestijn houdt nooit op en brengt altijd zand in het zwembad. De beste zwembadrobots, namelijk de robots die een enorm zwembad als het zijne kunnen schoonmaken, worden alleen in Amerika gemaakt.'

Ik zweeg. Ze was in slaap gevallen.

'Begrijp je, oma?'

Ze gaf geen antwoord. Heel voorzichtig probeerde ik mijn hand terug te trekken.

'Ga door...' murmelde ze.

Ze was niet in slaap gevallen.

'Saddam ging zwemmen met zijn twaalf vrouwen en zag dat de bodem altijd vies was. Dus uiteindelijk besloot hij, hoewel het gevaarlijk was, toch een zwembadrobot per post in Amerika te bestellen. Hij laat hem kopen door een assistent, zo zou niemand iets vermoeden. Maar de CIA heeft de telefoon afgetapt. De fabriek zal het apparaat de volgende week versturen. De kleine generaal zegt dat hij een geniaal idee heeft. Hij zal die zwembadrobot aanpassen. Hij zal er een superintelligente computer in plaatsen, die hij net heeft uitgevonden, en die programmeren om Saddam te doden. Hij zal de robot voorzien van mini-atoomraketjes, batterijen van tweeduizend volt, hij kan zelfs gifpijlen lanceren. De president van de Verenigde Staten is blij. Het is een schitterend idee. Hij zegt tegen het kereltje dat hij meteen aan het werk moet. Het kereltje gaat naar de zwembadrobotfabriek, pakt er een en werkt er de hele nacht aan. Hij stopt er een computer in en het programma om Saddam te doden en voor de zekerheid meteen iedereen die in het zwembad zwemt. Als hij klaar is, is hij doodmoe, maar de robot is perfect, hij lijkt precies op alle andere zwembadrobots. Zijn codenaam is K19. Maar de volgende ochtend komt degene die de robot moet verzenden en die vergist zich. Hij denkt dat het de robot is die gerepareerd is voor een gezin dat in de buurt van Los Angeles woont. Het gezin komt de robot ophalen en zet hem in het zwembad. K19 begint de bodem schoon te maken, want ook dat kan hij heel goed. Maar wanneer de vader en de kinderen in het zwembad springen, worden ze op slag gedood door een elektrische schok die ze allemaal roostert.'

'Maar wie waren dat dan? De kleinkinderen van de Vasciaveo's?' Oma had haar hoofd opgetild van het kussen.

'Wie zijn de Vasciaveo's?' vroeg ik.

'Die ingenieur uit Terni... waren die niet doodgegaan in het zwembad?'

'Welneeeee, dit zijn Amerikanen, wat heeft Terni daar nou mee te maken.'

'Weet je het zeker?' Ze begon zich op te winden.

'Ja, oma, rustig maar.'

Ik vertelde verder. 'Goed... De robot wacht twee dagen, de lijken dobberen rond, maar Saddam is nergens te bekennen en dus begrijpt de robot, slim als hij is, dat ze hem in het verkeerde zwembad hebben gezet. Hij klimt met zijn zelfklevende grijparmen over de rand van het zwembad en gaat op zoek naar een nieuw zwembad. In de buurt waar ze hem heen hebben gestuurd, in Amerika dus, oma, daar is het bezaaid met zwembaden, elk huis heeft er een, het zijn er heel veel, miljoenen, en hij begint te zoeken, van het ene naar het andere en hij vermoordt iedereen die zwemt, op zoek naar Saddam. Wanneer hij een andere K19-robot tegenkomt, doet hij die uiteenspatten en maakt vervolgens het zwembad schoon. Hij richt een bloedbad aan. Half Californië wordt vermoord. Het leger komt. Ze sturen alle soldaten op hem af, ze beschieten hem met lazerkanonnen, maar niets helpt. Uiteindelijk laten ze vliegtuigen komen die bommen gooien op Californië. K19 wordt geraakt, hij breekt een grijparm en begint te wankelen, maar hij geeft niet op. Hij krabbelt weer overeind en begint te rennen over de snelweg, achtervolgd door pantserwagens die op hem schieten. K19 is aan flarden. Zijn motor maakt een raar geluid en al zijn wapens zijn op. Hij komt aan het eind van de weg en ziet het grootste zwembad dat hij ooit heeft gezien en het water is vies en er zijn golven. Intussen komt het leger steeds dichterbij. K19 kijkt naar het zwembad, het is zo groot dat hij niet eens de overkant kan zien. De zon zakt erin weg en er zijn enorme luchtbedden. Niemand heeft hem verteld dat dat de zee is en dat dat geen luchtbedden zijn, maar schepen. K19 weet niet wat hij moet doen. Hij vraagt zich af hoe hij ook dat zwembad zonder einde moet schoonmaken. Voor het eerst is hij bang. Aangekomen aan het eind van de pier draait hij zich om, daar is het leger, hij staat op het punt om terug te vechten, maar dan bedenkt hij zich, hij springt en werpt zich in zee en verdwijnt.'

Ik had een droge mond. Ik pakte de fles water van het nachtkastje en schonk het glas vol.

Oma bewoog niet, ze was in slaap gevallen.

Het verhaal had haar verveeld.

Ik stond op, maar oma fluisterde: 'En toen?'

'Hoezo en toen?'

'Hoe eindigt het?'

Het was klaar. Afgelopen. Ik vond het wel een mooi einde. En bovendien haatte ik altijd het einde. Aan het einde moesten de dingen altijd ten goede of ten kwade in orde komen. Ik vond het leuk om te vertellen over gevechten zonder reden tussen aliens en aardbewoners, over ruimtereizen op zoek naar niets. En ik hield van wilde dieren die leefden zonder waarom, zonder te weten dat ze doodgingen. Ik werd er gek van dat papa en mama altijd na het zien van een film discussieerden over het einde, alsof dat het enige belangrijke van het verhaal was en de rest helemaal niet meetelde.

Is in het echte leven soms ook alleen het einde belangrijk? Het leven van oma Laura telde helemaal niet mee en alleen haar dood in dat lelijke ziekenhuis was belangrijk.

Ja, misschien ontbrak er iets aan het verhaal over K19, maar het idee van die zelfmoord in zee vond ik wel goed. Juist wilde ik haar zeggen dat het afgelopen was, toen me zomaar opeens een heel ander einde te binnen schoot.

'Goed, twee jaar later staan 's nachts bij volle maan een paar wetenschappers op het strand van een tropisch eiland.

Ze zitten met verrekijkers verscholen achter een duin en turen de kust af. Opeens komen er zeeschildpadden uit het water om hun eieren op het strand te leggen. De schildpadden ploegen door het zand, graven met hun poten een gat en leggen hun eieren. Tussen hen bevindt zich ook K19. Hij is helemaal bedekt met algen en mosselen. Langzaam kruipt hij het strand op en met zijn grijparmen maakt hij een diep gat. Hij bedekt het en gaat samen met de schildpadden terug de zee in. De volgende nacht kruipen er een heleboel kleine schildpadjes uit het zand tevoorschijn. En uit één gat kruipen een heleboel heel kleine K19-tjes, het lijken net speelgoedtankjes en ze gaan samen met de schildpadjes naar de zee.' Ik haalde diep adem. 'Einde. Vind je het mooi?'

Oma knikte met gesloten ogen en op dat moment vloog de deur van de kamer open en kwam er een verpleegster met een dienblad vol medicijnen binnen die als twee druppels water op John Lennon leek. Ze had niet verwacht dat er bezoek zou zijn en bleef geschrokken staan.

Even staarden we elkaar aan en toen mompelde ik een groet en ging ervandoor.

De Meerkat doolde doelloos over de binnenplaats.

Vanaf de overkant van de straat, verstopt achter de afvalcontainer, observeerde ik hem. Nu en dan maakte hij een veegbeweging met de bezem en dan stond hij stil, alsof zijn elektriciteit was afgesloten.

Ik was zo stom geweest om mijn mobiel niet mee te nemen en dus kon ik hem niet net als de vorige keer afleiden.

Ik keek op mijn horloge. Ik was veel te lang bij oma gebleven. Over twee uur zou het portiershokje dichtgaan. Te lang. Olivia wachtte op me.

Na een kwartier ging meneer Caccia van de tweede verdieping naar binnen. Vervolgens kwam Nihal met de bassethonden door de voordeur naar buiten en begon naast de fontein te praten met de Meerkat. Die twee haatten elkaar. Maar de Meerkat had een familielid dat werkte bij een reisbureau en hij ritselde voor de Sri Lankanen uit de buurt vliegtickets tegen speciale prijzen.

Doordat ik zo lang achter die afvalcontainer verstopt stond, begonnen mijn benen pijn te doen. Ik schold en vervloekte mezelf dat ik mijn mobiel niet had meegenomen.

En tot overmaat van ramp kwam daar ook nog Giovanni aan, de postbode. Grote vriend van Nihal. Nu stonden ze met z'n drieën te praten en het hield nooit op. De arme bassethonden die wilden plassen keken wanhopig.

Maar ik moest nu iets doen. Als ze me zouden zien: jammer dan.

Ik liep iets terug en stak de straat over. Vandaar rende ik naar de muur die om ons appartementengebouw stond. Die was hoog, maar een oude, kromgegroeide bougainville reikte tot bovenaan.

'Nou, hup Roma dan maar... Wat zal ik zeggen...' hoorde ik de Meerkat zeggen.

'Dit keer lukt het ze wel. Totti is goed hersteld. Oké, tot ziens maar weer...' zei Giovanni.

O god, hij kwam het hek uit. Ik klampte me vast aan de bougainville en een doorn stak in mijn hand, ik klemde mijn kaken op elkaar en trok mezelf omhoog op de muur en met een lompe sprong landde ik in de tuin van de Barattieri's.

Ik rende naar het gebouw, biddend dat niemand me had gezien, en drukte mezelf plat tegen de muur.

Het raam van het souterrain van de Meerkat stond op een kier.

Tenminste íets wat meezat.

Ik deed het open, hield me vast aan het kozijn en liet me zakken in het halfdonker. Ik strekte mijn benen op zoek naar een steuntje en voelde een verschrikkelijke hitte die mijn linkervoet omhulde. Ik kon nog net een schreeuw onderdrukken en viel boven op de gaskachel en vandaar op mijn billen op de grond.

Ik had mijn sneaker in een pan pasta met linzen gestoken, die gelukkig niet meer kookte en stond af te koelen.

Wrijvend over mijn bil stond ik op.

De linzen lagen overal op de vloer verspreid, alsof er een bom was ontploft.

Wat nu? Als ik het niet opruimde zou de Meerkat die rommel zien en denken...

Ik glimlachte.

Natuurlijk, hij zou denken dat de zigeuners hadden ingebroken in zijn huis.

Ik keek om me heen. 'Ik moet iets van hem stelen...'

Mijn blik viel op een beeldje van Pater Pio dat op een luchtafweerraket leek. Het was bedekt met een laagje glinsterend fijn poeder dat afhankelijk van het weer van kleur veranderde.

Ik pakte het op en wilde weggaan, maar liep terug en trok de koelkastdeur wijd open.

Fruit, rijst en een sixpack bier.

Ik pakte het bier. Toen ik uit de portiersloge kwam stond de Meerkat nog steeds met Nihal te praten op de binnenplaats.

Hinkend en met een schoen in mijn hand liep ik de trap af naar de kelder. Ik maakte de deur open met de sleutel. 'Kijk... Ik heb bie...'

Het beeldje van Pater Pio gleed uit mijn hand en viel in scherven op de grond.

Olivia lag wijdbeens op mijn bed. Een arm lag op het kussen. Kwijl droop op haar kin.

Ik sloeg een hand voor mijn mond. 'Ze is dood.'

Alle kasten waren opengemaakt, alle laden opengetrokken, alle kleren overal neergesmeten, dozen kapotgescheurd. Onder het bed open medicijnpotjes.

Terwijl ik bleef staren naar mijn zus sleepte ik mezelf naar de bank.

Ik wreef over mijn slapen. Het was alsof er een bom was ontploft in mijn hoofd en mijn ogen voelden gezwollen. Ik was zo moe, nooit was ik zó moe geweest, elke vezel in mijn lichaam was moe en smeekte me om te rusten, om mijn ogen dicht te doen.

Ja, het was beter dat ik nu even ging slapen, niet heel lang, vijf minuutjes maar.

Ik trok mijn andere schoen uit en ging op de bank liggen. Ik weet niet hoe lang ik daar bleef liggen staren naar haar en gapen.

Ze was een donkere, langwerpige vlek op het blauwe bed. Ik dacht aan haar bloed dat stilstond in haar aderen. Aan het rode bloed dat zwart en hard wordt als een korst en daarna tot stof wordt.

Olivia bewoog een arm. Haar vingers schokten, net als honden doen wanneer ze dromen.

Nee, ik vergiste me. Dat was alleen mijn verbeelding. Ik probeerde beter te focussen, maar mijn ogen deden pijn. Ik stond op, liep snel naar haar toe en begon aan haar te schudden. Ik weet niet meer wat ze zei, ik weet alleen dat ik haar van het bed heb getild, mijn armen om haar heen heb geslagen en dacht dat ik haar naar buiten moest brengen en dat ik sterk genoeg was om haar te dragen, als een gewonde hond, en met haar door de Via Aldovrandi te lopen, door de Via delle Tre Madonne, de Viale Bruno Buozzi...

Olivia begon zachtjes te praten.

Ik verstond haar niet. Ik moest me bevrijden van de helm van watten die om mijn hoofd zat. 'Wat? Wat zei je?'

Ze bromde: '... Slaappillen...'

'Hoeveel... Hoeveel heb je er genomen?'

'Twee.'

'Gaat het met je?'

'Ja.' Ze kon haar hoofd niet rechthouden. 'Veel beter. De gravin had een heleboel medicijnen. Goed spul. Ik ga nog wat slapen.'

Mijn blik werd beneveld door tranen. 'Goed.' Ik glimlachte tegen haar. 'Ga maar slapen. Droom maar fijn.'

Ik legde haar op het bed en dekte haar toe met een deken.

Twee dagen lang bleef mijn zus slapen. Ze werd alleen wakker om te plassen en te drinken. Ik ruimde de kelder op, vermoordde het monster en speelde Soul Reaver uit en begon aan *Bezeten stad*. Ik las over metamorfoses van vampiers, behekste huizen, dappere kinderen die zich verweerden tegen de vampiers en mijn blik viel op het bed, op mijn zus die onder de deken lag te slapen. Ik voelde dat ze in mijn hol beschermd en geborgen was, dat niemand haar kwaad kon doen.

Mijn moeder belde op. 'Hallo, hoe is het met je?'

'Alles goed.'

'Je belt me nooit. Als ik jou niet zou bellen... Amuseer je je?'

'Heel erg.'

'Vind je het jammer dat je morgen weer naar huis moet?'

'Ja. Een beetje...'

'Hoe laat vertrekken jullie?'

'Vroeg. We staan op en dan gaan we.'

'En wat doen jullie vandaag?'

'Skiën. Weet je wie ik tegenkwam op de Tofana?'

'Nee.'

Ik keek naar mijn zus. 'Olivia.'

Een ogenblik stilte. 'Olivia? Welke Olivia? Je halfzusje?'

'Ja.'

'Nee toch... Drie dagen geleden was ze hier nog, hier in huis, om spullen te zoeken. Nu begrijp ik het, misschien had ze skikleren nodig. Hoe is het met haar?'

'Goed.'

'Echt waar? Die indruk maakte ze niet. Papa zei dat het slecht met haar ging... Arm kind, dat meisje heeft een heleboel problemen, ik hoop toch zo dat ze op het goede pad komt...'

'Maar hou jij van haar, mama?'

'Ik? Jawel... Maar ze is niet makkelijk om contact mee te krijgen. Luister, gedraag je je goed? Ben je aardig tegen de moeder van Alessia? Help je een beetje in huis?'

'Ja.'

'Ze lijkt me heel lief, Alessia's moeder. Doe haar de groeten van mij en bedank haar nogmaals.'

'Goed... Maar nu moet ik gaan...'

'Goed, popje. Ik hou van je.'

'Ik ook van jou... O ja, Alessia's moeder zei dat zij me thuisbrengt als we terug zijn.'

'Prima... Bel me als je in de buurt van Rome bent.'
'Goed. Dag.'
'Dag, schat.'

Olivia zat met natte, achterovergekamde haren en een bloemetjesjurk van de gravin op de bank en wreef in haar handen. 'Hoe zullen we onze laatste avond vieren?'
Na al dat slapen voelde ze zich een stuk beter. Haar gezicht was ontspannen en ze zei dat haar armen en benen minder pijn deden.
'Een dinertje?' opperde ik.
'Een dinertje. Wat ga je voor lekkers voor me maken?'
'Nou...' Ik keek wat er in de voorraadkast over was. 'We hebben bijna alles opgegeten. Tonijn met artisjokken in blik? En als toetje de wafels?'
'Perfect.'
Ik stond op en deed de kast open. 'Ik heb een verrassing...' Ik liet haar de biertjes zien.
Olivia sperde haar ogen open. 'Je bent geweldig! Waar heb je die gevonden?'
Ik glimlachte. 'In het huis van de Meerkat. Ik heb ze gejat toen ik terug was gekomen uit het ziekenhuis. Ze zijn wel lauw...'
'Niet erg. Ik ben je innig dankbaar,' zei ze en ze pakte het zakmes, maakte twee flesjes open en gaf er een aan mij.
'Ik hou niet van bier...'
'Geeft niet. We hebben wat te vieren.' Ze zette het flesje aan

haar mond en dronk de helft ervan in één slok op. 'Madonna, wat is bier toch lekker.'

Ik zette het flesje ook aan mijn mond en deed alsof ik het niet smerig vond.

We dekten de salontafel met een tafelkleed dat we tussen de spullen van de gravin vonden. We staken een kaars aan en aten alle artisjokken en twee blikjes tonijn op. Als toetje de koekjes.

Daarna gingen we in het donker van de kelder op de bank zitten met onze voeten op het tafeltje. De vlam van de kaars verlichtte ze. Ze waren hetzelfde. Wit, lang en met dunne tenen.

Olivia stak een Muratti op. Ze blies een rookwolkje uit. 'Herinner jij je nog dat we 's zomers naar Capri gingen?'

Het bier had mijn tong losgemaakt. 'Ik herinner me dat we een heleboel trappen moesten lopen. En dat er een put was waar hagedissen uit kwamen. En grote citroenen.'

'Weet je nog toen ze je in het water gooiden?'

Ik draaide me naar haar om. 'Nee.'

'We waren met de motorboot met papa op open zee voor de Faraglioni.'

'De motorboot herinner ik me nog. Dit was van glimmend hout. Hij heette Sweet Melody II. Er is zelfs nog een foto waarop papa waterskiet.'

'Er was een heel bruine matroos met krulhaar en een gouden ketting. Jij was doodsbang voor water. Zodra jij het strand zag, schreeuwde je dat je je zwembandjes om wilde hebben. Je wilde zelfs de veerboot niet op zonder die bandjes om je armen. Maar goed, die dag waren we op open zee en iedereen ging zwemmen en jij klampte je als een krab vast aan het trapje en keek naar ons. Als iemand vroeg of je ook kwam zwemmen, begon je te krijsen.

Daarna hebben we zee-egels gevangen en die gegeten met brood. Papa en de matroos hadden flink wat wijn gedronken en de matroos vertelde dat hij kinderen met watervrees altijd gewoon zonder zwembandjes en zonder zwemvest in het water gooide. Ze gingen wel kopje-onder, maar na een tijdje begonnen ze vanzelf te zwemmen. Jij zat in de stuurhut te spelen met je speelgoed en zij pakten je van achter vast, trokken je zwembandjes van je armen en jij begon je los te vechten, je schreeuwde alsof je gevild werd, ik zei nog tegen ze dat ze je met rust moesten laten maar ze luisterden niet. En toen hebben ze je in het water gegooid.'

'En deed mijn moeder niets?'

'Die was er niet bij.'

'En wat gebeurde er toen?'

'Je ging naar beneden. Papa dook in het water om je op te vissen. Maar even later kwam je tevoorschijn, krijsend alsof je door een haai was gebeten. Je begon wild met je armen te slaan en... je zwom.'

'Echt waar?'

'Ja, op z'n hondjes. Je ogen puilden uit hun kassen en je klampte je vast aan het trapje en vloog uit het water alsof er lava over je heen stroomde.'

'En toen?'

'En toen ben je naar de hut gerend en heb je je verstopt in een klerenkast, trillend en ademend met open mond. Papa probeerde je te kalmeren, hij zei dat je heel flink was geweest, dat je een groot zwemmer was, dat je geen zwembandjes meer nodig had. Maar jij bleef maar huilen. En je schreeuwde tegen hem dat hij weg moest gaan.'

'En toen?'

'En toen viel je opeens in slaap. Je viel gewoon om, alsof je onder narcose was gebracht. Ik heb nog nooit zoiets gezien.'

'En jij... Wat heb jij gedaan?'

'Ik ben naast je gaan zitten. En toen vertrok de motorboot. Jij en ik bleven in de hut zitten, met die geur van het kielruim en alles trilde en klapperde...'

'Jij en ik?'

'Ja.' Ze nam een trekje van haar sigaret. 'Jij en ik.'

'Wat gek, ik herinner me daar niets meer van. Papa heeft het me nooit verteld.'

'Natuurlijk niet, hij had een rotstreek met je uitgehaald... En als je moeder het had geweten had ze hem ervanlangs gegeven. Maar kun je nu zwemmen?'

'Ja.'

'En ben je bang voor water?'

'Nee. Ik heb zelfs even op zwemmen gezeten. Maar daar ben ik mee gestopt, ik kan niet denken met water in mijn oren. Ik haat zwembaden.'

'Wat haat je het meest op de hele wereld?'

Ik haatte heel veel dingen. 'Misschien surpriseparty's. Twee jaar geleden heeft mijn moeder er eentje voor me georganiseerd. Al die mensen die me feliciteerden. Een nachtmerrie. En oudejaarsavond vind ik ook een gruwel. En jij?'

'Ik... Even denken. Trouwerijen. Die haat ik.'

'Ja, die zijn ook heel erg.'

'Wacht!' Olivia sprong overeind. 'Kijk wat ik heb gevonden.'

Ze pakte een rode vierkante koffer en maakte die open. Er zat een platenspeler in. 'Misschien doet-ie het nog.'

We staken de stekker in het stopcontact en de draaitafel begon te draaien. Ze rommelde in een grote doos vol grammofoonplaten. 'Nee toch. Kijk eens... Geweldig.' Ze haalde er een 45 toerenplaatje uit en liet me het zien. 'Ik ben dol op dat nummer.' Ze legde de plaat op de draaitafel en begon met Marcella Bella mee te zingen: *'Mi ricordo montagne verdi e le corse di una bambina con l'amico mio più sincero, un coniglio dal muso nero...'* Ik herinner me groene bergen en een meisje dat daar rondrent met haar beste vriend, een konijntje met een zwarte snuit...

Ik zette het geluid zachter. 'Zachtjes... Zachtjes... Zo kunnen ze ons horen. De Barattieri's, de Meerkat...'

Maar Olivia luisterde niet naar me. Ze stond voor me te dansen en maakte golven met haar lichaam en zong zachtjes: *'Poi un giorno mi prese il treno, l'erba, il prato e quello che era mio scomparivano...'*

Ze pakte mijn handen vast en terwijl ze me aankeek met

die glanzende ogen, trok ze me naar zich toe. '*Il mio destino è di stare accanto a te, con te vicino più paura non avrò e un po' bambina tornerò.*' Met jou naast me zal ik niet meer bang zijn en word ik weer een beetje kind.

Ik pufte vermoeid en begon onhandig te dansen. Dat was dus wat ik het meeste haatte: dansen.

Maar die avond danste ik toch en terwijl ik danste benam een nieuwe sensatie – het gevoel te leven – mij de adem. Over een paar uur zou ik die kelder verlaten. En zou alles weer precies hetzelfde zijn. En toch wist ik dat aan de andere kant van die deur de wereld was die op me wachtte en dat ik kon praten met de anderen alsof ik een van hen was. Dat ik kon besluiten om dingen te doen en ze inderdaad ook doen. Ik kon weggaan. Ik kon op kostschool gaan. Ik kon de meubels in mijn kamer veranderen.

De kelder was donker. Ik hoorde de regelmatige ademhaling van mijn zus die op de bank lag.

Ze had vijf flesjes bier gedronken en een heel pakje Muratti gerookt.

Ik kon niet in slaap komen. Ik had nog langer willen praten, ik dacht terug aan de diefstal bij de Meerkat, aan toen ik de anderen had zien wegrijden naar hun skivakantie, aan het dinertje met de biertjes en mijn zus en ik die babbelden als volwassenen, die dansten op *Montagne verdi*, op groene bergen.

'Olivia?' zei ik.

Het duurde even voordat er antwoord kwam. 'Ja?'
'Slaap je?'
'Nee. Nog niet.'
'Wat ga je doen als we hier uit komen?'
'Weet ik niet... Ik dacht er juist over na. Misschien ga ik weg.'
'Waarheen?'
'Ik heb een vriendje dat op Bali woont.'
'Bali? Waar is dat?'
'Indonesië. Hij geeft yogales en massages ergens aan zee waar het stikt van de palmbomen. Er zijn daar heel veel gekleurde vissen. Ik wil weten of het nog steeds aan is. Ik wil proberen echt zijn vrouw te zijn. Als hij wil...'

'Zijn vrouw,' mompelde ik met mijn mond tegen het kussen.

Die man was een geluksvogel. Die kon zeggen: Olivia is mijn vrouw. Ik zou er ook wel heen willen gaan. Samen met Olivia op het vliegtuig stappen. En lachen in de rij voor de check-in, zonder dat we iets tegen elkaar hoefden te zeggen. Zij en ik die wegvliegen naar de gekleurde vissen. En Olivia zou tegen haar vriendje zeggen: 'Dit is Lorenzo, mijn broer.'

'Hoe heet je vriendje?' vroeg ik. Ik kon bijna niet praten.
'Roman.'
'Is hij aardig?'
'Heel erg. Jij zou hem leuk vinden.'

Het was bijzonder dat Olivia mij zo goed kende dat ze

wist dat ik haar vriendje leuk zou vinden. 'Luister, ik moet je iets vertellen... Ik heb gezegd dat ik ging skiën in Cortina omdat ik er een puinhoop van heb gemaakt. Ik was op school en hoorde dat klasgenoten van me gingen skiën. Mij hadden ze niet uitgenodigd. En normaal gesproken heb ik helemaal geen zin in uitstapjes met de anderen. Maar nu kwam ik thuis en zei ik tegen mama dat ik ook was uitgenodigd. En zij geloofde me en ze was heel blij en ze begon te huilen en toen had ik de moed niet om haar de waarheid te zeggen en dus heb ik me hier verstopt. Weet je... Sinds die dag ben ik blijven zoeken naar de reden waarom ik die leugen had verzonnen.'

'En? Waarom heb je haar dat verteld?'

'Nu begrijp ik waarom ik wilde gaan. Omdat ik samen met hen wilde skiën, ik kan goed skiën. Omdat ik hun de geheime pistes wilde laten zien. Omdat... Omdat ik een van hen wilde zijn.'

Ik hoorde dat ze opstond.

'Schuif eens op.' Ik maakte ruimte en zij kwam naast me liggen en omhelsde me stevig. Ik voelde haar knokige knieen. Ik legde een hand op haar heup, ik kon haar ribben tellen, en toen streelde ik haar rug. Puntige wervels onder mijn vingers. 'Olivia, wil je me iets beloven?'

'Wat dan?'

'Dat je geen drugs meer zult gebruiken. Nooit meer.'

'Ik zweer het je bij God. Nooit meer. Ik zak nooit meer in die stront.'

Ze fluisterde in mijn oor. 'En jij, sukkel, beloof jij mij dat we elkaar weer zullen zien?'
'Dat beloof ik.'

Toen ik wakker werd was mijn zus al weg.
Ze had een briefje voor me achtergelaten.

Cividale del Friuli, 12 januari 2010

Ik neem een slok koffie en lees het briefje over.

> Lieve Lorenzo,
>
> Ik herinnerde me opeens dat er nog iets is wat ik haat en dat is afscheid nemen en dus zorg ik liever dat ik weg ben voordat jij wakker wordt.
> Dank je dat je me hebt geholpen. Ik ben blij dat ik een broer heb ontdekt die zich verstopt had in de kelder.
> Vergeet niet je aan je belofte te houden.
>
> Liefs,
> Oli
>
> PS Pas op voor de Meerkat

Vandaag, tien jaar later, zie ik haar voor het eerst sinds die nacht terug. Ik vouw het briefje dicht en schuif het in mijn portefeuille. Ik pak mijn koffer en loop het hotel uit.

Er staat een koude wind, maar een bleek zonnetje breekt door tussen de wolken en verwarmt mijn gezicht. Ik sla de kraag van mijn jack op en steek de straat over. De trolley rammelt over de kinderhoofdjes.

Dit is de straat. Ik loop door een stenen poort die uitkomt op een vierkante binnenplaats vol auto's.
Een portier houdt me tegen en wijst me waar ik moet zijn.
Ik doe een glazen deur open.
'Zegt u het maar.'
'Ik ben Lorenzo Cuni.'
Hij gebaart dat ik hem moet volgen een gang door. Voor een deur blijft hij staan. 'Hier is het.'
'De trolley?'
'Die laat u hier.'
Het is een grote witbetegelde ruimte. Het is er koud. Mijn zus ligt op een tafel. Een laken bedekt haar tot aan haar hals. Ik loop dichterbij. Met moeite zet ik de ene voet voor de andere.
'Is zij het? Herkent u haar?'
'Ja... Zij is het.' Ik kom nog iets dichterbij. 'Hoe hebben jullie mij gevonden?'
'In de portefeuille van uw zuster zat een briefje met uw telefoonnummer erop.'
'Mag ik even bij haar blijven?'
'Vijf minuten.' Hij loopt weg en sluit de deur.
Ik til het laken op en pak haar gelige hand. Ze is net zo mager als toen in de kelder. Haar gezicht is ontspannen en ze is nog steeds heel mooi.
Het lijkt of ze slaapt.
Ik buig me over haar heen en leg mijn neus in haar hals.

Olivia Cuni werd geboren in Milaan op 25 september 1977 en is op 9 januari 2010 in de bar van het station van Cividale del Friuli overleden aan een overdosis. Ze was drieëndertig jaar.

EINDE